漫娱图书

曾经只能抬头仰望的月亮
在触手可及之处

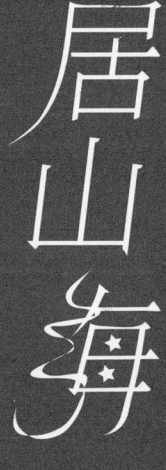

居山海

WITH
MOUNTAINS
AND
SEA

小合鸽鸟子 著

长江出版社　漫娱图书

Contents

目录

I   HELLO WORLD ……………………… Page05

II   梦返十七 ……………………………… Page31

III   谁拯慧桥 ……………………………… Page53

IV   成为了光 ……………………………… Page71

- V　念念不忘　　Page 99
- VI　那年的你　　Page 125
- VII　平凡之路　　Page 145
- VIII　堂吉诃德　　Page 165
- IX　奇迹再现　　Page 183
- X　我也是我　　Page 201
- XI　我的英雄　　Page 219
- XII　多年以后（番外篇）　　Page 245

献 给 做 自 己 英 雄 的 你

Hello world

I

他觉得孤单 而人孤单久了
是会习以为常的

That when December blights thy brow
He may still leave thy garland green

不知从何时起，江浔开始在睡梦中规律性置身于同一个地方——考场。

这种梦并没有让江浔半夜三更惊醒，手脚发凉后背直冒冷汗，但他依旧把这种梦定义为噩梦。这不能怪他，任谁在高中毕业六年后还三天两头地梦回教学楼，都免不了心生紧张和不安。那是绝大多数人智商和努力水平的巅峰期，如今江浔已经活成了一个宅男，再让他手握一张化学卷子，那些句子一个字一个字拆开他都会念，连到一起，他就什么都看不懂。

等一下！

江浔屏气，似猫一般双眼一眯，微微塌颈的同时，用双手握住试卷边缘将纸张抬起。他看清了上面的题目：

下列说法不正确的是：

（A）$NaCl$ 固体不导电，$NaCl$ 是非电解质。

……

哦，这是张化学卷子。

这真是张化学卷子！

江浔的心跳瞬间加速，并有了给自己一个巴掌或拧大腿的冲动。他做了好几个深呼吸，一遍遍地告诉自己别紧张，这次的梦只是比前面几次都来得真实，使得试卷题目都如此清晰。他安慰自己，他高中最差的学科是物理，山海中学在高三前理综三科都是分开考的，他应当庆幸自己面前的选择题考的不是牛顿三大定律。

就在他的心跳渐渐平缓时，这个考场的监考老师正巧踱着步子从江浔右侧经过。那是个胖矮的老头儿，背在身后的双手只能艰难地食指相勾。老头儿当了大半辈子教师，监考的次数比学生吃过的饭都要多，考场上什么风吹草动都逃不过他的眼和耳。别看他现在是正对着黑板，他灵敏地感受到落在自己身上的目光，停下脚步，扭头速度诡异又缓慢，如同缺乏润滑的机器。

而当江浔终于看清了那张脸，他呆呆地张着嘴，心跳都要停了。

哦，他想起来了，山海中学的理综虽然分开考，但监考老师是随机的，此刻转身朝自己走来的老头儿就是他曾经的物理老师——孟嘉腊。

"注意力集中！"孟嘉腊老头儿站到江浔身边，粗短的手指头点了点他一片空白的试卷，也点得江浔桌下的腿抖了三抖。他连连点头，努力拿稳手中的笔，忙不迭选了个 C。

江浔听到了孟嘉腊发出一声重重的叹息，但好在他并没有揪着江浔不放，又开始在考场中巡视。江浔低着头，死死地盯着 A 选项，内心山崩海啸：氯化钠，我哪知道氯化钠是不是电解质！

五分钟后——

江浔靠着座椅后背，看着自己连蒙带猜也只能填满选择题和配平方程数字的化学答题纸，心中异常平静。他已经接受这个梦境的设定了——他在山海中学的教室里做着化学试卷，监考老师是他高二转到尖子班后的老师。

他不知道自己什么时候会醒，可一旦接受了这个虚假的事实，他并没有那么想醒。因为某些原因，他有很长一段时间没回过家乡山海市，如今他在梦境中故地重游，哪怕是在考场，那也是好的。

当心态放松后，他看向了窗外。山海中学占地六百亩，建筑在绿树中若隐若现。学校三个年级七十二个班分布在六栋相连接的教学楼里，楼与楼之间有梅、竹、桃三个院子作分隔。江浔眼眺左窗，窗外全是竹林。此刻清风徐来，三层楼高的竹子摇曳生姿，沙沙作响，江浔在竹叶声和周遭的落笔声中闭目静听，感受这久违的平静。

但这平静在考场中实在是格格不入，孟嘉腊又走到了江浔桌边，点了点他的试卷："同学。"

江浔猛然睁开眼，被吓得腿不住地抖，驼着背恨不得把整张脸都埋进试卷里。

"你是不是身体有些不舒服？"

江浔一愣。

他抬头，看到了孟嘉腊一双担忧的眼。他像是不认识自己，脸上本来就明显的抬头纹，现在更是挤成了一个"王"字。

"要不要去校医室？还有一个监考老师等会儿就来了，我可以陪你去看看医生。"

江浔当然不敢让孟嘉腊陪，摇头加摇手，结结巴巴地说自己没事。但他的模样状态在孟嘉腊眼里显然有事。他穿着并不合身的衬衫校服，衣服大得锁骨明晃晃露出半截，同龄女生会羡慕他瘦，但在老一辈人看来他就是营养不良。他本来就生得白净，脸色一青就更明显，好像下一秒就会晕过去。

孟嘉腊担心啊，为了不打扰其他同学，他弯下腰凑近，瞅了瞅江浔桌子右上方的准考证号，仿佛头一回念那个名字似的轻声说："江浔同学是吧？"

江浔眨眨眼，点头。

"你真的别太紧张，这只是一次平常的尖子班分班考。"

江浔："哦……"

同时他也终于回想起来，他此刻梦到的到底是哪场考试，也隐隐约约记得高一下学期的这场考试确实是孟嘉腊监考，但他向来两耳不闻窗外事，那场考试全程低着头奋笔疾书，根本没仔细看监考老师究竟是谁，他记得……记得后来还是听当时同一个考场也进了尖子班的同学提起，才知道尖子班的这位物理老师就是让人闻风丧胆的物理组组长、曾经造成某一年省统考"滑铁卢"的出卷人、人送外号"孟加拉虎"的孟嘉腊。

"同学？同学你在听吗？"孟嘉腊的声音将江浔的思绪拽了回来。他年纪和体格在那儿了，弯了几分钟的腰就受不了了，干脆扶着膝盖蹲下身，单膝着地，准备继续谈。

这样一来，江浔成了需要稍稍垂目的那一个，他一想到进尖子班后的两年里孟嘉腊的魔鬼式教学，顿时如坐针毡，差点要给孟嘉腊跪下。

孟嘉腊却心平气和地又一次跟江浔说:"真的不用太紧张。"

或许是出于长辈的体恤,孟嘉腊对江浔露出了他从未见过的温和:"孩子啊,身体是革命的本钱,就是高考都没有身体重要,何况这只是分班考,一届八百个人,也就八十个人能进尖子班,我不是不相信你的实力,我只是觉得,你要是真的不舒服,不用逼自己一定要做完这张试卷。"

"……谢谢老师关心。"江浔又紧张又有些感动,"我还是会继续考的,谢谢老师。"

"你不用怕的,如果成绩出来了,你老师问你为什么那么多没写,你就和他说,是监考老师孟嘉腊让我休息的。"孟嘉腊笑着,"我要是看到自己儿子在考场上是这个样子,我得多心疼啊。"

江浔抿唇,嘴角因为孟嘉腊最后的那句话抖得厉害。他再一次和孟嘉腊道谢,然后振作着认认真真思考,氯化钠到底是不是电解质。

他毕竟是当年考进尖子班的人,这种题目放在六七年前肯定是小意思,但岁月催人老,时隔七年再次提笔,他脑子里当真是一片空白,什么知识点都想不起来。

他脑袋空白时就想涂鸦,他以前可喜欢在试卷上画画了,选择题做着做着起个稿,题目做得顺了添几笔,做不来了更要怒画几笔,但今天孟嘉腊说了这么多肺腑之言,他怎么好意思在他眼皮子底下涂鸦呢,当然是继续灵魂拷问,氯化钠到底是不是电解质。

江浔都想抛硬币了,眼珠子一转,目光锁定了右边第一排靠窗的第三桌。

江浔握紧了笔。

他盯着那个背影,笔尖戳破了纸张,将 C 画掉改成了 A。他有冲过去把人揍一顿的冲动,他已经不再是七年前那个寡言怯懦的江浔,他要在睡梦中一雪前耻。

可这个梦又太真实了,江浔要是真这么冲过去,其他人也别想好好考试了,而且方才孟嘉腊这般苦口婆心,江浔要是表现得像个问题暴力青年,那他得多伤心。

江浔决定等待时机。以赵阳的水平,要是没成绩好的朋友暗中帮忙,他就是再学三十年也别想光明磊落地进尖子班,江浔等的就是那位朋友,他后来也和自己同班,没有他和赵阳合起伙来孤立他,他的高三就没那么憋屈,成绩也不会一落千丈,最终只考进一所十分普通的院校。

江浔沉住气开始耐心地等,果不其然,他远远地看到右边连接教学楼的走廊上有个穿校服的身影往这边走。江浔自己从来没作过弊,但那些小伎俩和把戏他也听说过,有些人会借口上厕所,把小抄放进某个垃圾桶里,让另一个人来取。

这种作弊方式比较安全,但若放小抄的隔间刚好被人占用,那就有失败的可能。于是赵阳就发明了一个改进版本。他让朋友在去厕所的途中路过自己的教室,把折叠好的小抄迅速夹在窗户缝里,他再出去拿。整个过程都被窗帘挡着,谁都不会发现他们的小动作。

除了此时的江浔。

他等待着，等到那个叫杨骋的同学走近，将小抄塞入窗台板后朝赵阳使了个眼色。江浔原本还想等赵阳出去后喊"有人作弊"，但那个杨骋是他曾经的室友，最后一年没少捉弄他。江浔当机立断，腾地站起身，报告孟嘉腊："老师，有人在传小抄！"

孟嘉腊有些蒙，江浔指着窗外还没离开的杨骋，引得班里所有人都看向他。杨骋也蒙，但更多的是慌，人一慌就做不出正确的判断，比如杨骋，他要是继续站着还显得有底气，可他居然越走越快地离开，间接坐实了江浔的指控。

"小抄夹在窗户板缝隙里，是传给赵阳的！"江浔说着，撒开腿从后门往外跑去追杨骋，留下教室里的人面面相觑。孟嘉腊掀开窗帘往缝隙里一掏，那里果然有张纸条，里面第一个字母是A。

"我、我……"赵阳慌神，"叔，不是你想的这样，叔，不是我——"

"不是你还能有谁？这个考场还有谁跟杨骋认识？！"孟嘉腊厉声道，很是气恼，"你啊你！"

而在教室外，江浔在廊道上追着杨骋，也不管扰不扰乱考场纪律了，边跑边喊"你给我站住"，闹得整个走廊鸡飞狗跳。杨骋闻声回头，看江浔的眼神像背后跟着一条恶犬，怎敢停下脚步。

也是因为这一回头，杨骋重心不稳，再加上对面有赶来的巡考老师，他已是瓮中之鳖。

于是杨骋不跑了,再跑也没意思,停下脚步,双手叉腰刚要缓口气,他就被江浔抓住了。

杨骋一口气没提上来,跟跄地摔倒在地,当真是两眼一抹黑,可这还不够,江浔骑坐到他背上,将他双手反剪到身后,疼得他嗷嗷直叫。

"这位同学……"杨骋真的要哭了,仰起脖子艰难道,"你是不是认错人了,我根本就不认识你啊,我们……我们无冤无仇啊!"

"这句话我还想问你呢,是啊,我们无冤无仇,你干吗往我床单上泼水,还往我冰红茶里灌——"

江浔停顿,看着身下狼狈不堪的杨骋,没什么报仇雪恨的快感,反而突然意识到,在这个时间点,杨骋和赵阳确实都不认识他,他现在的所作所为在他们眼里也只有莫名其妙。

这时候巡考老师也跑过来了,拽着江浔的胳膊要他让一让,再扶着浑身疼的杨骋起身。

他们还不知道到底发生了什么,落在江浔身上的眼神满满都是质疑,好像他是条疯犬,要避而远之。

那眼神让江浔热着的血瞬间就凉了大半。他侧头,不屑地"喊"了一声。

他们还在教学楼的走廊,旁边正好是个考场,两个监考老师也都出来关心杨骋,江浔成了被老师冷落的那一个,但考场里的同学全都伸长脖子看他,靠里的几桌同学还站起来,要好好目睹闹事者的真容。反正是在梦里,江浔胆儿肥啊,抬了抬下巴,眼皮子稍稍眯起,隔着窗暴戾地大喊一声:"看什么看?!"

他这一吼,还真把所有人都给镇住了,学生们缩起头继续看试卷,只敢用余光往外瞥,身前身后的老师被惊得停在原地,正扶着杨骋的老师也松了手,"扑通"一声,杨骋朝着江浔的方向膝盖着地跪了下去。

时光倒流至高中三年,江浔什么时候这么威风过,简直是扬眉吐气。他想梦境当真是天赋人权,风水轮流转。

可杨骋的那一跪并没有让江浔有多得意,在那几秒的静止里,他没有感受到强烈的喜悦,反而是埋藏于内心最深处的情绪被撕裂开来,如虫蚁慢慢爬出。

江浔并不觉得那是委屈,可他又找不到别的词来形容此刻的感受,他也滋生出了渴望。渴望什么呢,他不知道,他茫然地往教室里看去,大家脚上的鞋子五花八门。

那些不同的色彩刺激到了江浔,都不屑再看杨骋一眼,他推开其他人,沿着走廊一个教室一个教室看过去,像是在寻找什么。

这是七月,当时的山海中学还没装中央空调,教室里一个披秋季校服外套的都没有,所有人都是黑头发、白衬衫、藏青校裤。而且大家都低着头写卷子,江浔在窗外看不清他们的长相,没过多久就眼花得只剩下一团团色块。

可他还是继续找,徒劳又坚定。他都想好了,反正是在梦里,他要是真找到那人了,他就在教室外头大喊一声"夏清泽"。

这是梦里,梦里!夏清泽当年是山海中学的风云人物,在这个江浔可以为所欲为的梦里,他当然要试一试,在对方面前找找存在感。可转念一想，他又怕自己会厌，他铁定厌啊。

　　这些交织的念头让江浔思维渐渐混乱，人也焦躁起来，更加识人不清。他不记得自己已经看了几个教室了，但希望确实变得越来越渺茫。

　　可他不甘心，又走过一间教室，没找到，再走一间，也没有看见。他也不知道支撑着自己的到底是什么，他站在最后一间教室窗前，靠在走廊的栏杆上，一动不动地向内望去。

　　他没有大喊，更没有冲进去。那个挺直着后背漠然书写的少年似乎有种神奇的魔力，能把他的思绪搅得翻江倒海，又能让他获得内心深处的平静。

　　他就这么看着，看着，连希望夏清泽能注意到自己的期许都没有，只是这么看着，他就心满意足。

　　他很轻地，很轻地做出呼唤名字的嘴形，没有发出任何声音。夏清泽却像是能听见，先是停笔抬起头看向正前方，侧脸的同时他眨了一次眼，缓缓睁开的那一刻，他的目光刚好与江浔的相碰撞。

　　只一眼，江浔便从梦中回到了人间。

　　如同溺水的人浮出水面，江浔猛吸一口长气。他不再身处风景宜人的山海中学，而是蜗居于阴冷的地下室。他也没躺在床上，而是陷进一张皮层破裂的转椅，眼前的电脑已经黑屏，旁边塑料袋里的烧饼凉透，里面的肉因为地下室里的阴冷而冻结到一块儿。没有窗的日子让他分不清昼夜，他也说不清这个烧饼是主食还是夜宵，只记得自己入睡前正在导入一张手绘，然后靠着椅子小憩，准备休息几分钟后填色。

他没想到自己会做一个如此真实的梦，但梦总要醒的，要从世外桃源重回落魄人间。

江浔看了看表，现在是凌晨两点。也不知道从什么时候起，他的作息越来越不规律，床头堆着的泡面就是他的粮食，使得他可以足不出户，一天二十四小时都用来制作动画《居山海》。

这是江浔第一个为自己而创的作品，他自然精益求精。别的动画一秒画八帧人物动作就足够流畅，江浔为了让画面更有质感，一秒二十四帧都画了好几十秒。

江浔做的是二维动画，不像三维需要花大量时间建模，但由于唯一志同道合的朋友在剧本创作阶段就和他散伙了，这个十五分钟长的动画短片从剧本到脚本分镜头再到绘制，都是江浔一个人没日没夜地精磨细琢。眼瞅着辞职大半年后的第一个作品已经有了雏形，他当然也想快马加鞭，几个月来没睡过一个超过七小时的觉。

此刻他仍怀念回忆中的校园，但他伸了伸懒腰，晃晃酸胀的膀子，还是准备先给导入的手绘图上色。

他睡前没关电脑，但在他按了空格键后，屏幕并没有亮起。

江浔又按了一下，电脑还是没反应，于是直起腰，点鼠标按回车，重装显示器排线，屏幕还是一片漆黑。

"不是吧……"江浔不是很敢去摁还亮着的开关，他的电脑从来都没宕机过，以至于他有些动画和图都没备份。

"小老弟你醒醒啊，你……"江浔是真的开始慌了，他拍电脑屏幕，又觉得这么做太粗暴，就改为轻抚，和和气气地对电脑说,"你别撒脾气啊,你行行好,别这么对我啊小老弟。"

也不知道这位小老弟是不是真的吃软不吃硬,江浔这么一哄,主机还真传来了工作声。

但那声音江浔从未听过,屏幕再亮起,江浔眼前的也不是他熟悉的 ps 软件,而是一条线,当那条线开始波动,一个没有情感分不出性别的电子声也响起,对江浔说:"Hello, World。"

江浔一脸疑惑。

线条又开始波动:"你好,江浔。"

江浔被吓到了。

他站起身往门口跑。但他没出门,只是开了灯。一想到这个点地下室走廊漆黑一片,江浔还是想在有光的地方待着,他胆战心惊地把椅子拉到房间角落,坐在那儿,紧张兮兮地看着电脑屏幕不敢动。

"请不要害怕,江浔。我是一段智能梦境程序。"那个声音问,"你喜欢刚才的梦吗?"

江浔沉默无语。

毕竟是天马行空搞动画的,江浔的接受能力也强,大不了当这是梦中梦,也就渐渐冷静了下来。

"我该怎么称呼你?"江浔问。

"我不需要'名字',但你曾经叫我 aiai。"

"欸……艾艾?!"江浔匪夷所思,"我从没见过你,怎么可能给你取了这么个名字!"

"我们见过面,在很久以前,"那个声音道,"真说起来,其实是你先找到了我。"

"这都是什么和什么啊，"听不懂它在说什么的江浔抓耳挠腮，"那……那我叫你小艾同学好了。"

"好的。"小艾同学答应，"我可以让你获得五次稳定进入梦境的权限。请注意，你只能梦回曾经的一段真实经历，仅此而已。你不会拥有特异功能，你做出了什么有别于当年的举措，说了不同于过去的话，你身边人的回应都是出自他们自己的心性品格，绝不会被你操控，你的现实生活和他们的也不会发生任何改变。"

江浔问："那我是不是可以理解为，我能穿越到过去的平行空间五次，在弥补遗憾后回到正常的时间线。"

"是的。"

"那我要怎么入梦呢？"江浔问道。

小艾同学："你会收到一根细红绳，上面有块琉璃材质的花形吊坠，每一片花瓣都有颜色。这就是你的五次机会。每使用一次，其中一片花瓣的颜色就会消失，等五次机会用完了，这串红绳也会消失。"

江浔问："那我要是一直留着一次机会，这串红绳也会陪我一辈子？"

"是的，但凡事都有例外，当你的美梦在现实中成真，不管你还有多少次机会，它都会消失。"

"美梦成真？"江浔琢磨着这个词，"我有那么多梦，我怎么知道要以哪一个为界限呢？"

"你可以现在自己定。"

江浔想了想："那就等我拿到 A 类电影节的最佳短片奖？"

"成交。"

江浔笑了，他觉得以这个奖为界限的话，那手链可能真的要陪自己一辈子。但是吧，梦还是要有的，万一实现了呢，不然他也不会在八个月前辞职，辗转住进了这个地下室。

"那你还有什么要叮嘱我的吗？没有的话，可不可以把电脑还给我？"江浔卑微地问，"那张扫描上去的线稿你没删吧？"

"当然，我没有动你的任何东西。但如果真要叮嘱，我想提醒你，梦境终究是梦境，切勿沉溺。"

"晚安，"那个声音最后说道，"一夜无梦地睡一觉吧，你看上去真的很累。"

江浔缓缓睁开眼，然后闭上，舒展开四肢仰躺，舒舒服服地睡了个回笼觉。

他回味这久违的放松。在昼夜不分的日子里，他的世界全都围着那台电脑和透光绘画板转，真说起来，他已经好久没做过这么像模像样的梦了。

梦？

在黑暗中，江浔摸上了自己的手腕。他从被褥里摸出手机打开闪光灯，他看到自己银镯子下边确实有根红绳。江浔头皮发麻，连忙去开房间里唯一的那盏灯，他站在白炽灯下，将左手抬高过头顶，他仰头看着，那朵小花折射出欧式教堂彩窗玻璃般的纯净色彩。

还真挺好看，江浔想。又觉得自己还是应该警觉，躺回床上，拿起手机给一个朋友打电话，第一次对方没有接听，第二次忙音响了七八下，终于通了。

"喂？则进吗？"江浔很精神，"你在哪儿啊，我跟你说——"

那边响起抱怨声："我说兄弟，你能不能看看时间，现在才几点啊你就给我打电话。"

江浔把贴着耳朵的手机放到眼前，屏幕上显示的通话人是"徐则进"，正上方的时间是凌晨两点半。

"睡什么睡啊，AI都入侵了，有什么好睡的！"

对面一阵沉默，江浔还以为他挂了："喂？Hello？"

"我寻思着你做的动画片是乡村治愈故事啊，怎么搞科幻去了？还是说你悬崖勒马，去特效公司找正经工作了？"

"我没跟你开玩笑，"江浔急了，自顾自地晃手腕，"我有证据！"

"行吧行吧。"徐则进显然是不信，也不想听江浔继续这个话题，"不过我还真的想找你，我给你找了临时的活，就今天下午到晚上，在西桥街摆摊给游客画像。"

西桥街是杭市的一条古街，往来游客络绎不绝。有人的地方就有生意，除了开商铺卖特产，一些街头艺人也会聚集在此。徐则进说的给人画像是很多旅游景区都会有的，作画者支个画架，旁边摆上几张明星的临摹稿来吸引游客，再挂块牌子写"二十块钱一张，不像不要钱"。

"不行不行。"江浔头摇得像个拨浪鼓。他想说自己没时间，他今天的计划是继续在房间里给人物线稿添颜色。

"你就当帮我个忙成不成？"徐则进不迷糊了，声音也放软，"我知道这部动画对你来说很重要，但梦想归梦想，你总得兼顾一下现实生活啊。"

"所以你不敢和我一块儿辞职全心全意搞这个短片。"江浔冷然道，"宁咬东魁半口，不要酸梅一筐，这话还是你跟我说的。"

"我没有劝你放弃的意思，兄弟，我比谁都希望你能把这个作品做出来，也算是延续我自个儿的梦了。但现在的情况是，就我知道你住哪儿，你妈三天两头给我打电话，让我透露透露你的情况，我讲兄弟义气，只跟她说你挺好的。可你真的好吗？江浔，你现在的状态顶多就是没饿死。我求求你了，出来见见光成不成？你那地下室多冷啊，你去西桥街坐一坐，把稿纸电脑什么的都带上也成，就出来走走，晒晒太阳行不行？"

江浔沉默，他知道徐则进是真关心他，不然不会苦口婆心地晓之以理动之以情。就像徐则进担心的，他确实很久没出过门，身体也出现各种状况。他上个月在电脑桌前连坐二十个小时都还撑得住，昨天这个时候，他扫描了张线稿就眼睛发酸发胀，闭上眼做梦，梦里孟嘉腊都在劝他，身体是革命的本钱，这么拼是透支未来。

于是江浔同意了，也没再神神道道什么，躺回去睡到下午两三点后，终于出了门。江浔是个活生生的要买吃买喝的人，隔三岔五会出去扔垃圾，但这些出行都是在晚上，从两个月前搬到这个老旧小区起，他还是第一次在有太阳的大白天出门。

冬日的阳光并不刺眼，奈何江浔好久没看过了，都不用抬头直视，眼眶就会酸得掉眼泪。

好在他渐渐适应了，到了西桥街，他至少不会睁不开眼。那里有个学生在等着他，画架什么的都支好了，颜料工具就放在旁边。

那同学说他是K大美院的，徐则进是他的学长，他今天临时有个约会，就问徐则进有没有认识的、有绘画功底的来帮他看半天场子。和江浔一样，他和徐则进也是在动漫社认识的，但他说现在的社员没有他们当初那么脚踏实地，他们当年能沉下性子做出拿下全国大学生电影节最佳动画短片提名的作品，现在他认识的几个，分镜头都不画就直接软件制图，浮躁。

"那是因为我们什么都没有就是时间多，全用来打磨画面了。"江浔揉了揉自己的头发，还是特不好意思，"你们现在不一样啊，不管是玩的还是吃的，选择特别多。"

"对了，学长，说到吃，徐学长跟我说你是山海市人，"那同学两眼发光，探究地看着江浔，"你们那儿的杨梅是不是有乒乓球那么大，又甜又多汁？"

"嗯，你说的是东魁杨梅，这品种确实只有山海市有。"江浔笑了，想到还读大学那会儿，他妈妈在杨梅季寄了一箱东魁杨梅过来，他分给室友同学们吃。徐则进是北方人，以前吃的杨梅多少都有些发酸。江浔给他挑了个最大的，徐则进半口下去，差点吃哭了，说从来没吃过这么好吃的杨梅，从此便什么品种都看不上，宁吃东魁半口，不要酸梅一筐。

后来，徐则进于大三当选K大动漫社的社长，这句吃货箴言就成了他对待动画制作的态度。他们获得提名的那部动画是全社二十多个成员共同制作的给 K 大建校 51 年的献礼。为什么不是 50 周年呢，因为他们打磨了太久，原计划一个学期制作完成，最后愣是做到徐则进和江浔毕业论文答辩的前一天。

　　好在功夫不负有心人，他们的付出也有回报，但国内的动画行业并没有产业化，从事的人也少，学了四年机械工程的江浔毕业后没找到专业对口的工作，而是去了一个特效公司，但那个公司接的项目全是三维动画，江浔要做的就是天天在电脑上建 3D 模型。那并不是江浔兴趣所在，他重新找到了徐则进，两人一拍即合，准备做个二维动画短片，名字叫《居山海》。

　　但现在的都市青年，时间再怎么挤也不可能像大学时那么充裕。江浔就有了辞职的打算，但徐则进是程序员，累归累，赚得确实也多，他还想在杭市买房扎根呢，实在是没有江浔那种放手一搏的勇气。《居山海》的主创人员就只剩下了江浔，靠着之前的积蓄，再撑几个月也不是问题。

　　江浔坐在画架前，琢磨着自己到底还能撑几个月。他掏出手机看银行发来的短信，上面的余额虽是四位数，但开头是"1"。他想自己有必要赚点外快了，比如接些平面稿，比如今天真得画几个人像。他一到人群里头就发慌，恨不得能隐身，让他吆喝更是不可能，于是他就坐在那儿晒太阳。晒着晒着，江浔隐隐觉得手指有些发痒。他把袖子撩起，看着泛痒的右手食指，忍着不去挠。他的手在读小学的时候冻伤过，一到冬天就容易肿，不会长疮流脓，但手指头的灵活性大打折扣。

江浔不由懊恼出门没戴手套，把手缩回袖子里，环顾四周转移注意力。那种感觉很奇怪，明明他身边也有其他画手，身前游客来往不停，正对面靠溪而建的小凉亭里坐着的人不停地换，他还是觉得自己只是一个人，这个世界里也只有他一个人。

他觉得孤单，而人孤单久了，是会习以为常的。于是江浔给自己找事做，他拿起铅笔，靠着记忆迅速勾勒，画中的街道和凉亭里都空无一人。他画得很快，也很沉浸，不知是被哪个念头戳到，他在黑白的速写画上使用水彩颜料，在凉亭中画了个坐着的人。

他的鼻尖突然有了一滴凉意。江浔一摸，指尖上残留的是水。他抬头闭上眼，不敢相信冬日居然还会有太阳雨，简直不可思议。

但雨也就那么几滴，等江浔睁开眼，一切都明晃晃的，所有人好似都自带光源，身后都跟着光晕。他揉了揉眼，还是觉得模糊，只能用力地眨。他看到凉亭里坐着人，一个，更像是两个，他看不清长相，除非他们朝自己走过来。

他们也确实这么做了，两人一前一后，穿过行人缓缓走近。他们身后也有光圈，在江浔的视野里，走在前面的那位尤为闪耀，但不刺眼，他的光柔和得如同朗朗梢头月，那人身后的姑娘笑容淡雅，问："清泽，我们找他画吗？"

江浔仰头看着隔着画架的夏清泽，垂在腿上的手紧紧地握着笔。

他不敢挪开视线，也克制着不大口呼吸。他不记得上次洗这件羽绒服是什么时候了，就很想提起自己的衣领闻一闻，生怕有味道。他现在比高中时候都瘦，又裹着老土的羽绒服，哪怕曾经同班过，他不认为西装笔挺的夏清泽会认出他。

但夏清泽甚至都没用问句，伸出手，很缓地说："好久不见，江浔。"

江浔没拿笔的手抬起："好久不见……"

江浔实在是忐忑，他只能笑，他一笑起来，夏清泽的眉眼不知为何便柔和起来，好像也藏了笑意。这让江浔的神经没那么紧绷了，喉结动了好几下，终于完整地说出："好久不见，夏清泽。"

夏清泽嘴角微微一抬："我还以为你忘了我的名字。"

"怎么可能，忘了哪个老同学都不可能忘夏清泽啊。"江浔接得很快，说的也是真心话。哪怕夏清泽高三没在山海中学念，大家提起曾经的校草，夏清泽永远当仁不让。这样的人正在和自己握手，江浔受宠若惊。

但这个场景里并非只有他们两人，已经坐在椅子上的姑娘从夏清泽身后歪出脑袋，俏皮地问江浔："你们认识？"

江浔慌忙收回手，夏清泽侧身介绍道："嗯，我们是高中同学。"

他一顿，才说："他是江浔。"

"原来你就是……"那姑娘抬眉，似乎是一下子想到了太多往事，不知从何说起，便不讲了，微笑着自我介绍道，"我叫牧云依，是夏清泽的朋友。"

江浔点头，拘束地说了声"你好"。牧云依很安静，并没有再说什么，似乎是不想打扰他和夏清泽叙旧。

但七年前的江浔比现在内敛多了，老师叫他站起来回答问题都会脸红。他跟夏清泽的正面交集少得可怜，他在篮球场外看过夏清泽打球。夏清泽是后卫，每次投篮，江浔听着旁边的人讨论他精准的三分球，他心中的小人欢喜跳跃得仿佛他也在跟夏清泽并肩作战。

他永远在人群中默默地看着，想和夏清泽做朋友的人太多，夏清泽一回头，肯定不知道叫江浔的是哪一个。

他们连友情都没有，谈何叙旧，这一点江浔颇有自知之明。他绕过夏清泽，问牧云依："你刚刚说想找人画画？"

"啊……嗯。"牧云依看了看夏清泽，又看向江浔，"不过我想要卡通一点可以做头像的那种，不知道可不可以。"

"当然可以的。"江浔点头，从工具箱里拿出彩铅。

比起素描，江浔更擅长人物形象卡通画。他很快就捕捉到牧云依的外貌特点：长头发、微垂的眼尾、宽眼皮、鼻尖微翘，嘴角总是带笑，漂亮得一尘不染。她高中时候就是这种大家闺秀的气质，江浔记得的，在高二暑假补课期间的某个中午，那个从后门悄悄溜进、在夏清泽肩上拍了一下的外校女孩，就是如今眼前的牧云依。当时牧云依脸上挂着笑，夏清泽也只是猝不及防了一秒，然后也报以微笑。

那个中午，夏清泽带着牧云依逛山海中学的校园。学校里有人造湖，湖上有一块很大的石制世界地图，他们在亚欧大陆那块坐了很久，这一幕在学生里传开了，有人说难怪夏清泽一直没女朋友，原来在校外有这么个天仙。八卦如杨骋、赵阳，更是打听到了牧云依来自杭市，刚拿了什么芭蕾舞比赛第一名。

"画好了。"江浔添完最后一笔，示意牧云依过来看看是否满意。既然是卡通头像，他就把身体画小，头大大的。为了使人物更灵动，他画的所有线条都很圆润，也借此放大牧云依五官的优点。

"这也太可爱了吧，"牧云依爱不释手，拍了张照，立马就换成微信头像。她很会夸人，说江浔画得又好又快。江浔赧然，右手无措地挠挠头发，夏清泽目色一垂，看到了他微微肿起的食指。

"既然是老同学，要不我们一起吃个饭吧。"牧云依邀请道，"我知道附近有家很正宗的日料店，不知道江浔有没有时间。"

被夏清泽看着给牧云依画画已经够让江浔不是滋味了，怎么还能一起吃饭呢，他就是有时间也得装成没时间，指了指自己的画架，谢过她的好意。

但让他没想到的是，夏清泽居然也坚持，还说自己的车就停在旁边，他可以帮忙把画架搬上车，吃完饭后再送他回住的地方。也不知怎么的，面对夏清泽，江浔就没了说谎这项技能，他压着夏清泽的手让他不要搬，说他今天只是帮忙看这个摊位，画架的主人并不是他。

没过多久，那个临时有个约会的同学回来了，江浔再找不到别的借口，只能跟着去旁边的停车场。

夏清泽开了一辆奔驰中型越野，他一用钥匙解锁，牧云依就欢快地跑了两三步，拉开后车车门坐了进去。这让江浔一阵茫然，总觉得牧云依坐了他应该坐的地方，可还没等他想明白，夏清泽已经替他拉开了副驾驶的门。

江浔顺从地坐了上去,手隔着裤子紧握膝盖,以此来缓解心绪的芜杂。夏清泽还是和以前一样,话少,不爱主动挑话题,牧云依则活跃多了,一个问题接一个问题地抛出来,问江浔上什么大学,找了什么工作,现在又住在哪儿。

"现在是无业游民。"江浔已经坐在日料店的雅静包厢了,讪笑道,"大半年前就辞职了,现在就窝在家里头做一个动画。"

"好棒哦。"牧云依并没有像一些亲戚朋友那样对他的决定叹息嘲讽。

显然,她所受的教育是无关物质温饱的,所以她会由衷地对江浔说:"你肯定很喜欢动画。"

"是啊。"江浔和牧云依确实挺聊得来,"我从小就喜欢涂涂画画。"

这时候,服务生开始上刺身拼盘。江浔在路上没感觉,这时候一看到生的食物,肠胃就隐隐翻滚。他怕失态,便忍着,又喝了一杯大麦茶暖暖身子,这让牧云依以为江浔还是拘束着难为情,正要招呼他多吃,夏清泽就夹了片三文鱼放到了江浔盘里。

牧云依转而一笑:"欸,你们都还没说说呢,有没有觉得对方现在和高中那会儿不一样?"

江浔听她这么一问,拿筷子的手一抖,没能将生鱼片成功夹起,随后又听到夏清泽说觉得他话比以前多了,他干脆把筷子放下,解释道:"都是生活所迫。"

"我们大学那会儿正值学校周年庆,学校领导知道我们动漫社的几个家伙……几位同志会做动画，就给我们社团拨了款，让我们做个小短片。他们要求不高，内容积极向上就成，但那个剧本，我们分镜头都没画完就都不想干了，太无聊了。我们社长那会儿又刚吃了东魁杨梅，比较理想主义，说要不拨款也不要了，我们自己捣鼓一个短片。社里大多数人喜欢三维动画，于是我们就决定做三维。由于三维需要人物建模，但我们没钱请专业演员来做模版，就只能对着镜子一起琢磨人物的嘴角要翘到哪儿，生气的时候眉头要皱成什么样。声优我们也没钱请，里面的人物也是我们自己配的音，我答辩前一天都还对着录音设备，一句台词读了百八十遍，这么折腾下来，话自然多了。"

"我说呢，清泽以前提到你，说来说去都是你太沉默了，跟小鹿似的，好像一有风吹草动就会被吓跑——"她突然想起了什么，问夏清泽，"你记不记得去年在阿姆斯特丹，我们去动物园看的麋鹿宝宝像不像江浔？"

夏清泽"嗯"了一声，很短很轻，让人听不出是同意，还是单纯地发出声音。江浔也开始吃东西了，都没蘸酱油，他就把生鱼片塞到嘴里，没嚼几口马上咽下去，然后再去夹别的。

他吃得心不在焉，满脑子都是牧云依提到的那个时间点。夏清泽家境优渥，他出国并不稀奇，但他出国时非常仓促，刚参加完开学前的第一次统考，第二天什么都没收拾，就再没了人影。

时隔七年再次相见，江浔一想到夏清泽这些年过得肯定比自己好，他就高兴。

他不知道自己吃了多少生鱼片，只觉得胃里的翻滚越来越明显，热茶下肚也没能好转，反而让呕吐欲越来越明显。

他说了句抱歉，扶着墙走到洗手间，没能撑到进隔间，便弯腰吐在了洗手槽。吐了一阵后，他打开水龙头洗手，抬头看着镜子里的那张脸。他真的很瘦，脸上很难掐出肉，眼眶凹陷得比以前明显，黑眼圈彰显着疲惫。他终于明白徐则进为什么这么担心了，他确实太久没见光，虽没到人模鬼样的程度，但面色确实病态。他自己都差点没认出镜子里的那张脸，也不知道夏清泽是怎么认出他的。

他洗了把脸，一弯腰，呕吐欲再次袭来。这次，他呕到差点站不稳，视野也慢慢被黑色席卷。他恐慌到后背和额头直冒冷汗，就怕自己真的用眼过度突然瞎了。他想求救，但他虚弱得发不出声音，黑暗彻底吞没了他。

当他散乱的思绪重新聚集成一滴水，他睁开眼，看到的只有夏清泽。

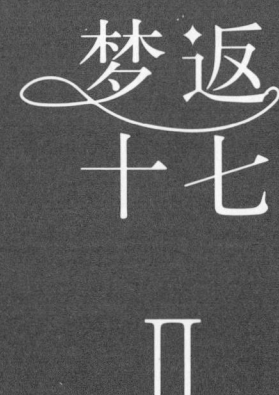

梦返十七

II

他觉得夏清泽就是那盈盈天上月
他是路边一角钱

Your silence is that of the moon,
as remote and candid

江浔看着他，良久才眨了一下眼。

他猛地抬手，想看看花上的颜色是不是暗了一片，但他还没来得及看，手背就因为这个动作而如针扎般刺痛。那朵花形的吊坠垂下来，晃了晃，上面五个颜色都在。

他不是在梦里，他眼前有真实存在的夏清泽。

"出血了。"夏清泽没按床头的铃，而是亲自去护士台。江浔也看清自己是在病房里，他昏迷的时间不长，杆子上的那瓶药水还有小一半。

夏清泽很快回来了，身后跟着一个护士。

"哟，醒啦。"那护士的眉眼弯起，口罩下的嘴显然在笑，她的手法娴熟，没让江浔感受到多少疼痛针头就重新插了进去。

"好好休息，"护士离开前对江浔说，"别再透支身体了。"

江浔靠着枕头坐在床上，侧过脸，小心翼翼地去看他的那位朋友："我……"

"你在洗手间晕倒了，我怕出什么事，就把你送到了医院。"

"牧……牧小姐呢？"

"她刚才还在，但我让她先回去了，"夏清泽一顿，"她毕竟是女生，照顾你不太方便。"

"哦……"江浔低了低头,终于意识到为什么总觉得缺了点什么,"你的外衣呢?"

"你昏迷的时候吐我身上,我换了。"

江浔如临大敌,寻思着这件衣服大概可能要多少钱,"对不起"三个字就要脱口而出时,夏清泽拿出了一支红霉素软膏:

"你现在冻伤的手只是肿,但也要预防,药膏每天都要涂。"夏清泽说着,将药膏放进江浔羽绒服的口袋。

"嗯,谢谢你,实在是太感谢了。"江浔抿了抿嘴,继而问,"我现在挂的水是什么啊,我……我得了什么病吗?"

"你也知道关心自己的身体?"

江浔眼巴巴地看着他,跟等审判似的,好在夏清泽没卖关子,指着药瓶,说:"葡萄糖,你之所以会晕倒,是因为低血糖。"

"没什么大病,只是……"夏清泽也觉得不可思议,"都21世纪了,你居然会营养不良。"

江浔沉默,他当然知道原因,他连吃了几个月方便面,要是被他饱览微信公众号推文的妈知道了,肯定会说他的胃里都镀上了一层方便面桶内侧的膜。

"真的很谢谢你,也太麻烦你了。"江浔把羽绒服放到被子上,从口袋里掏钱包,弱弱地问,"你一共花了……"

夏清泽什么都没说,就这么看着江浔,看得江浔声音越来越小,钱包也塞了回去。他知道夏清泽是不缺这点钱的,他之所以还陪在这儿不是为了要他还医药费,只能是因为他想陪在这儿。

夏清泽也没有把羽绒服拿开,而是帮着摊开盖在被子上,让江浔能更暖和。

"那个镯子你还戴着啊。"夏清泽说的是他左手上的,山海人喜欢戴银,几乎每个女孩子手上都会有银镯,但男生很少,这么多年,夏清泽见过的也只有江浔一个。

"嗯,我奶奶给我的。"

夏清泽点了点头。说来也巧,高二那年的暑假他去山海市的普济寺祈福,江浔的奶奶就在那里做烧饭打扫的工作。后来农历七月十五的盂兰盆会将至,江浔也于八月中旬来到寺庙,但那几天他都住在奶奶的房间,两人只在第一次相见的时候打了声招呼,之后再没说过话。

夏清泽问:"你奶奶近来身体还好吗?"

江浔摇摇头:"我奶奶在我读大三的时候去世了。"

"对不起。"夏清泽的眼神黯了黯,"节哀。"

"没事儿。"江浔故作轻松道,"我奶奶总是和我念叨,她没什么别的心愿,就希望我能开开心心的,做自己想做的事。我就是因为她这句话重新开始画画的。"

他自顾自地点点头:"嗯,我现在确实挺开心的。"

"说说你呗。"江浔笑着问,"国外怎么样,月亮是不是特别圆?"

夏清泽也笑。他们之间隔了七年,七年前的交集乏善可陈,七年间的经历又难以用只言片语就道个明白。夏清泽递上了自己的名片,那上面有他的电话号码,也有工作单位。

"你现在是心理咨询师?"江浔诧异道。他记得夏清泽的物理特别好,孟嘉腊从不夸人,但会让大家多向夏清泽学习。

他一直以为夏清泽就算不学商继承家业，也会读理工科，没想到他出国念的是心理学。

"刚开始是因为家里有人生病，所以才选了这个专业，后来觉得有意思，就一直读下去了，回国后一直在杭市的医院工作。"

"那你有没有想过回山海市自己开咨询室啊，山海人都有钱，你要是回那儿啊，肯定……"

江浔没说完。他都想给自己来一巴掌。夏清泽会缺钱吗，夏清泽做咨询师，肯定是冲着救死扶伤普度众生去的，他怎么能这么俗，自己日子过得太落魄，也没必要逮着个人就提钱。

但夏清泽很给面子："你说的我也有想过，只是还在找地方。"

"哦哦哦。"江浔连连点头，没再说话，怕自己嘴里吐不出好话。

"江浔。"夏清泽叫他。

江浔抬头，正对上夏清泽的眼。

"江浔，"他又叫了一遍江浔的名字，"牧云依是我认识很久的朋友。"

"……啊？"江浔愣愣的，不明白夏清泽为什么要告诉他这个。

"我有个大三岁的姐姐，也跳芭蕾，她是我姐姐的……挚友。她高中来找过我一次，是想看看，我姐姐夏樱读过的高中是什么样的。"

"哦。"江浔轻声应道。

夏清泽的喉结动了动,刚要继续讲,病房门口就传来一声大喊:"江浔!"

江浔被惊到一抖,闻声扭头,那个扶门的胖子气喘吁吁,见江浔是醒着的,改为背靠着墙,双手合十拜老天。

"谢天谢地,谢天谢地,"徐则进终于松了一口气,"小老弟你可吓死我了啊!"

江浔想说你也吓死我了,夏清泽没继续刚才的话,转而解释:"这应该是你朋友吧,你昏迷的时候他有打你电话,我就接了。"

"谢谢谢谢,谢谢你送江浔来医院。"徐则进走到床边,对夏清泽连连道谢,激动得好像自己是江浔的爹,一听是营养不良,就说他肯定是顿顿吃方便面吃成这样的。

徐则进在那儿滔滔不绝地数落他如何不修边幅不会自我照顾,江浔沉默着,一想到旁边的夏清泽也听到了,心中自然不是滋味。

药水挂完后夏清泽说要送他回去,江浔见徐则进是开着辆小毛驴来的,摇头挤出一个笑,说他吹吹风也好。

夏清泽沉默了几秒,没再坚持,但给了江浔一双羊绒手套。江浔坐在徐则进的电动车后面的时候一直低头,神游得徐则进叫了他好几声,他都没有回应。

徐则进没法子,突然把车停到一旁,对江浔说:"快看,地上有钱!"

"哪儿?"江浔终于有了反应。

"就旁边。"徐则进扬了扬下巴,指示江浔去后方五六米处看看。他就是随便瞎说的，但等江浔走回来，他手里还真躺着一个硬币。

"你眼睛怎么这么尖，一毛钱都看得见？"捡都捡了，江浔就放进了口袋。

"钱多钱少都是钱，积少成多嘛。"徐则进嘿嘿地笑，"不过话说回来，你那个朋友看上去就很有钱，欸，你什么时候交了这种朋友……"

江浔又不再言语，徐则进自讨没趣，也再没挑话题。他显然很担心，不仅把江浔送到住宅楼门，还跟着他到了地下室，江浔开门进入，徐则进站在门边上，两手交叉抱臂哆嗦，是冷的。

"要不咱租个别的地儿吧，"徐则进劝道，"这地方便宜是便宜，但也太遭罪了。"

"但我找不到更合适的了。"江浔说的是价格。他又裹了件外套，坐到电脑前，开机。

"还画呢，"徐则进的声音拔高，"都几点了，你不睡吗？"

江浔没回答，回头漠然地看了徐则进一眼，就开始点鼠标。

"不是啊，江浔……"徐则进声音又小了，"江浔，这样下去真不是办法，你别动画没做出来，身体先垮了。"

江浔没再回头，点鼠标的频率也没变过。徐则进知道他是听不进劝的，叹了口气，帮他关上了门。

门锁落定后江浔的右手就悬在了鼠标上方，食指笨拙地颤抖着。

江浔把自己摔进座椅靠背，揉了揉手，再也控制不住地掩面。

他没掉眼泪，只是他也觉得好累好累，累得都不知道自己究竟在图什么。这时候他兜里的手机振动，他掏出来，双目疲惫到看不清来电显示。

"喂？"

"是我，"是夏清泽的声音，"到家了吗？"

"到了到了。"江浔挺直背。

"嗯。"那边安静了两三秒，叫了声江浔的名字。

"早点休息，"他说，"天冷，别着凉了。"

江浔环顾了一下这个阴潮的房间，点头道："好。"

他挂了电话，身子又卸力地往后倒，大脑一片空白。也不知道是什么念头在驱使，他出了门上楼，站在住宅楼前的空地上仰起僵硬的脖颈。

他看到了月亮，冬日里的月明亮而冷冽，他把手揣进兜，拿出那枚硬币端详，硬币反射出暗淡的银光。

他觉得夏清泽就是那盈盈天上月，他是路边一角钱。

这个念头让他眼里的酸胀蔓延到了心底，他想夏清泽真的是一点都没变，而他却为了那部动画把自己折腾成这副模样。真奇怪，谁来劝他阻止他，他都愈挫愈勇，铆足了劲憋足了气一定要让曾经不看好他的人后悔，可今天一见着夏清泽，他竟然有了那么一丝丝怯意。

他重新回到那个在别人眼里没有希望却装着他所有希望的房间，躺在床上盯着掉漆的天花板，总觉得自己要是个正常点的普通人，有份正经工作，那他刚才站在夏清泽面前，底气是不是就会足一点，说话声音是不是就会大一点。

这些可能性冲击着江浔的神经，八年前在高一的开学典礼上听到夏清泽国旗下讲话，八年过去，夏清泽依旧高在云端，他江浔也没变，尖子班的那些同学看到现在的他，肯定会讥笑他没混出个人样。

他不想这样。

他抬手，看着他花瓣上的颜色，抑制不住渴望地无声呐喊：他不想这样。

他改变不了现状，但他可以逃避入梦。他从来都是在人群中仰着头看夏清泽，但在某一个时间和地点，他们中间隔着往来香客，却又对望一眼。

他真胆小，目光一对上，就匆忙挪开。

他耳边有僧侣在念《地藏王本愿经》，他之前随奶奶听过方丈讲学，方丈说时空无尽，过去、现在、未来皆无限。

他闭上眼，意识聚散，入睡如入水——当身体隐于高山深海，松涛浪卷，他知道自己就要回那梦乡。

江浔睁开眼，发现自己蜷着腿睡在汽车的后座。他倏地坐起，像头刚出生的小鹿扒着窗户，用双湿漉漉的大眼睛往外看。

"怎么了？"坐在副驾驶的是他的母亲陈筠，"做噩梦了？"

"没、没……"江浔正襟危坐于后座的正中间，透过正前方的后视镜看清了自己的脸——那是张十六七岁的脸，青涩，干净，眼里的光纯粹。

"我们……"江浔的心怦怦直跳，"我们这是去哪儿？"

"睡了一觉全忘光了？"陈筠刚要继续讲，手机就响了。那是客户打来报单的，陈筠从包里拿出纸笔，边说边记录，"大码三百双,小码两百八十双,哎呀老板,小码也拿三百双去好了……什么?要我再便宜一点?不行啊老板,现在鞋底、鞋帮、鞋靴的价格都在涨啊,我们一双真的就只能赚您几毛钱,您还叫我们便宜……"

江浔看向窗外,默默地听他妈做生意。他们家有个规模不大的鞋厂,像无数个江省其他的小企业一样,他妈主外是从销售到会计全部自己上的老板娘;他爸主内,跟机器打交道。

江浔的性子随父亲江穆,他父亲就是个沉默寡言的人,所以他们父子之间的交流很少,陈筠打着电话回答不了江浔,江浔也没有问他爸,而是低头,右手捏着左腕上的吊坠,上面有一片花瓣失了光辉,那是他入梦的证明。

他回到了过去,他重返十七岁。

看着沿路的樟树绿松,江浔自己也慢慢想起身处何地。

山海市是一个县级市,三面环山一面向海,很多庙都修在山脚或山腰,他们现在要去的就是江浔奶奶戴佩云做帮工的普济寺。

高一的时候江浔在班里能排前五,是老师关注的种子选手,但高二考进尖子班后,他在全校的排名没怎么变,在高手如云的尖子班就成了末流,眼看着过了这个暑假就高三了,江浔压力越来越大,他父母挤不出时间陪他,就把他送到奶奶做帮工的庙里住几天,算是静心。

江浔当时也是乐意的,从有记忆起,他跟父母就聚少离多,他爸妈把时间都放在那个鞋厂上,总是奶奶把饭做好了,小江浔坐在桌前,等了半个小时他们都还在厂里,好不容易回来了,江浔也睡了。如此一来，江浔自然是和奶奶亲，与其待在那个一个人的家里，不如去庙里陪奶奶。

车很快就到了普济寺。江浔自己拿着行李上了香客留宿区的二楼，进了奶奶的房间。陈筠还想叮嘱什么，一开口没说两个字，又一个电话来了。她当着江浔的面接，从包里拿出本子放在抬起的大腿上记数字。

陈筠体胖，一米六的身高，体重一百三十斤，单脚站根本站不稳。江浔拿过她手里的纸笔，听着手机里传出来的声音，帮陈筠记下。

这让陈筠一愣，挂完电话后都不知道该说什么。于是江浔露出一个安抚的笑，说："你们快回去吧，我自己能照顾自己。"

"……好。"陈筠出门，欲言又止地看了儿子两眼，还是下了楼。

江浔靠着栏杆站立，看着陈筠往车的方向走。拉开车门后陈筠回头，冲江浔招手道别，江浔也抬起右手，五指纤长骨节分明，没有丝毫冬日里的红肿狼狈。

他目送那辆桑塔纳驶离，旋即撒腿跑开，一个房间一个房间看过去。虽然他在梦里是十七岁，但身体素质还是和二十四岁的宅男一样，眼前又没个杨骋让他攥，他跑了两层腿脚就发软。

他坐在三楼的台阶上靠着栏杆喘气，四下无人，他便像只小狗一样吐了吐舌头。留宿区的廊道墙面都做了镂空设计，江浔面前就有一个扇状的洞，洞外风声兮兮，竹叶随之飘动，他猛地大吸一口气，唇齿间留着山野特有的清香。

这确实是个静心修行的好地方,他享受这久违的家乡的风和空气,不由闭上了眼。

再睁开,他的视野里出现了一双运动鞋,鞋子的主人蹲下身,好奇又考量地看着他。江浔被那眼神惊得本能起身,血糖一低眼前一黑,膝盖不受大脑控制地就要一弯。

但他没有从楼梯上摔下去,夏清泽很机敏地注意到江浔的不对劲,跨上台阶扶住他。

"没事吧。"夏清泽问。

江浔回过神来,往后退了一小步,说:"没事。"

"可以吃饭了。"夏清泽指了指一楼的食堂,"你先去吧,我去叫其他人。"

"好。"江浔乖乖应声,在夏清泽的注视下跑下楼,直到他听到一个熟悉的声音唤他:"宝贝孙来啦。"

话音刚落,江浔的眼泪就掉下来了。

都还没感受到悲伤或喜悦,他的身体就应激做出最实诚的反应。

江浔记得小时候做好词好句的摘抄,每个人的本子里都会有一句"眼泪似断线的珍珠",他也抄,边抄边对这个泪量存疑,不相信真的有人能哭得如此梨花带雨。

但他的眼泪现在也决堤了,他冲到奶奶面前,将人抱住后号啕:"奶奶你别上屋顶!你别在台风天上屋顶啊奶奶,别上屋顶啊!"

恸哭不过如此,所有人都放下碗筷,错愕地看向江浔,戴佩云也被吓到了,见宝贝孙哭得那么伤心又语无伦次,她虽不知缘由，眼泪也冒了出来，干瘪的手拍着江浔的后背，一遍一遍地说，不哭不哭哦，奶奶在这儿。

江浔还是哭，背也越来越弓，哭到最后呕了好几声，几近昏厥。不知是谁去请了方丈师父，师父扶着哭到精疲力竭的江浔，掐他的人中。江浔在泪雾中睁开眼，看到师父神色一诧，轻念了句"阿弥陀佛"。

"阿弥陀佛阿弥陀佛，"戴佩云抹江浔满是泪痕的脸，"宝贝孙你是不是生病了，不要怕啊，奶奶带你去医院，奶奶陪你。"

江浔呆呆地看着围着他的其他香客，不知该如何回应他们关切的目光，他没气力再哭也没气力说话，真要开口，他也不知该如何解释。

"宝贝孙你哪里不舒服啊？"戴佩云声音哽咽，手足无措，"你跟奶奶说说话呀，哪里不舒服，奶奶给你揉揉。"

江浔想开口叫奶奶，说自己没事，但他喉间一有气，就全变成了哭意。

他强忍着，强迫自己冷静，他听到有人帮他喊了句："奶奶。"

"他应该没事。"在门口目睹了一切的夏清泽走近，对戴佩云说，"他应该是太想您了，所以情绪比较激动。"

"啊？"戴佩云揉着江浔的手询问，"到底怎么一回事呀，是不是、是不是学业太辛苦了，身体吃不消才这样，还是——"

"想您……"江浔终于能说出话了，"奶奶我好想您。"

"傻孩子，"戴佩云总算舒了一口气，"这又不是三年五年不见，怎么想成这样。"

"就是三年啊……"江浔的哭腔太重，说了什么谁都听不清。他也不想再给别人添麻烦，稳定住情绪，先和奶奶一起吃饭。夏清泽没和他们坐同一桌，他吃完饭后随方丈一同离开，也不知道去了哪儿。

江浔则和奶奶回了房间，一进门，他就从后面给奶奶一个熊抱。戴佩云一把老骨头，被江浔撞疼了，但一句指责的话都没说，抬手去摸孙子的头发，怎么都摸不够。

江浔撒娇，说要和奶奶在一张床上午睡。他们住的楼是新装修的，房间里有两张一米二的单人床，江浔原定是在这儿住三个晚上，直到农历七月十五，但他现在想生生世世住在这儿，在这个梦里同奶奶永不分离。

他也很警觉，身边一空，眼睛都没能睁开，就猛地坐起来。戴佩云放轻声音，让江浔再睡会儿，江浔不依，拉着奶奶的胳膊，说奶奶去哪儿他就去哪儿。

戴佩云无奈地笑，等江浔洗了把脸，带他去大雄宝殿侧方的佛堂，里面已经有约莫三十人。他们来迟了，就站在最后一排，江浔往前望去，能分辨出为首的不是方丈，而是寺庙里的其他师父，他们后面也站着一位师父，但其他人的背影他就都不认识了，除了第一排穿素色亚麻长袖上衣的少年。

"宝贝孙，"戴佩云的声音将江浔的思绪拉了回来，"待会儿要做大拜，总共108个，你要不就在旁边看着好了。"

"不，"江浔固执地摇头，"我陪您。"

"好好好，"戴佩云笑，"那你要是拜累了，再去旁边休息，好不好？"

江浔不肯："我不累，我一直陪您。"

戴佩云知道劝不动他，不再言语。江浔的信念是坚定的，但真开始大拜，他身体的疲惫和长期不运动所带来的肢体不协调就暴露了出来。

戴佩云怕他摔了，小声说："宝贝孙，别太勉强，佛祖菩萨知道你心中有诚念，不会怪你的。"

"不行。"江浔边说，边默念为奶奶祈福的话。

他在努力让自己的姿势更标准，但踮脚后一个没控制好，身子往前倾差点摔了一跤。这被后面的那位师父看在眼里，他让江浔停一停，问戴佩云这孩子是不是身子不舒服。江浔逞强，说自己只是第一次大拜，还没学会标准动作罢了。

"啊，第一次啊，"师父也是好心，"那我找个人帮帮你。"

"清泽，"他轻声一唤，引得第一排的那个少年在佛陀眸下回头，"你来教他。"

江浔随夏清泽走到佛堂旁侧，在和人群隔了一张长桌的地方停下。江浔站在窗侧，夏清泽在他左边，问："哪一步不会？"

江浔沉默，总不能说自己哪一步都不会。

"那要不……你做一遍，我看看哪里需要纠正。"夏清泽提议道。

江浔应允，放在臀侧的双手各画了个半圆，举高至头顶合十，然后放至胸前，他僵了僵，跪下正要往地板上一磕。

"不好意思。"这时夏清泽从角落里拿来一个长形软垫。他们现在站的地方不像佛堂正中央有大面积的毛毯，江浔要是真的额头着地，肯定会疼。

"双手除了大拇指都要并拢，大拇指稍稍往掌心勾。"夏清泽站到江浔身后指导。江浔欲要踮脚，夏清泽刚才见过他的小腿止不住细微地抖，就让他把这一步省略。

"先放在头顶，然后贴着鼻子往下，放至胸口，弯膝，弯腰，"夏清泽往后稍稍退了半步道，"滑跪。"

江浔闻声趴在了地上，动作很不连贯，也忘了要把双手往前伸直。于是夏清泽蹲坐在他正前方，没有苛责，而是耐心地教他。

"这时候手膝不能离肋处太远，不然起身会吃力。"夏清泽说着，膝行到江浔身侧，告诉他哪个部位要用力。

他随着夏清泽的指导手掌拖至膝盖，用力撑起，脚尖配合用力站起身，夏清泽也站到了他面前。

"你做得很好啊。"夏清泽轻轻一笑，"怪不得每次体育课都只是站在篮球场外看，原来体力这么差。"

说完，他并没有回到原来的位置，而是站在江浔旁边，让他有个参照。他的动作很标准流畅，似乎拜过很多遍。寺内的和尚师父也跟他熟识，都叫得出他的名字，大拜结束后江浔正寻思着该如何道谢，一个师父就招呼夏清泽让他过去。江浔一慌，喊了一声："夏清泽！"

夏清泽回头，并没有重新走回来。江浔支吾着，脸都要憋红了，才说出一句："我会好好锻炼的！"

夏清泽垂眸，一笑。这时候戴佩云走过来了，他作为晚辈礼貌地向老人稍稍颔首，戴佩云很感激，用吴语方言说："谢谢你了，小后生。"

"我们是同班同学，应该的。"

戴佩云没想到他们还有这层缘分，眼睛一亮。她接下来要去厨房做饭，就没同夏清泽细聊。江浔要跟过去帮忙，戴佩云死活把他推出去，让他去外面玩。

江浔没地方去，就先回了房间，翻翻自己的行李箱里都有什么。那里面衣服没几件，试卷倒是挺多的，江浔随便翻出一张，入眼的那一题是：

$NaCl+AgNO_3=$

江浔脑海中冒出千万个问号感叹号，怎么又是氯化钠。他合上卷子，再也不愿多看一眼，决定出门吹吹山风。

南方城市的八月总是潮热的，但山林中别有洞天，身处其间，心静自然凉。江浔闲来无事，便从住宿区慢悠悠地转到配殿，那里住的都是寺庙里的僧人，其中一扇门虚掩。

他原本没想偷听，但从门缝中飘出的檀木香实在好闻，他便没走动。同时，他听到里面有人说话，那个他熟悉的声音平淡无望："我有时候会梦到她。"

"清泽，凡所有相，皆是虚妄。"

"我本可以拦着她。"

"清泽，错不在你。"

"那在谁？"

"清泽，"另一个声音越发慈悲，"生死有命。"

江浔并不知道到底发生了什么，但他听着夏清泽的声音，心中柔软地一疼。

他并没有发出动响，里面的人却发现了他："进来吧。"

江浔挠头，轻轻推开了门，正对着他坐的是之前掐他人中的方丈，夏清泽盘坐在他对面。

"坐吧。"老方丈示意江浔坐在夏清泽旁边。他起身，走进房间后面的一扇小门，再出来，双手握着一根竹笛状的物什。

他把那物什递给江浔。

"……这是？"江浔接过，小心握着那根用竹子底部制成的长管，不明这是何物，但能看出是件乐器。

"这是尺八。"方丈说道，"这本是吴地的传统乐器，于唐朝由僧人传至日本。早在二十年前，有日本的僧人听闻山海人杰地灵，便渡海而来。那时候普济寺的规模并不像现在这样大，只有一座大雄宝殿，那僧人就在殿前用此乐器吹奏一曲，并将此物送予寺庙，留与日后赠有缘人。"

方丈道："我今日把它交给你。"

"可我以前……什么乐器都没学过啊。"江浔怎好意思拿，把东西往夏清泽那边递了递，"师父，你可以送给他，他小提琴拉得到可好了，他——"

江浔缩了缩脖子，但已经说漏嘴了。夏清泽确实会小提琴，但他从来没在学校表演过，江浔之所以知道，全都是偷偷听别人说的。

但方丈摇了摇头，淡笑道："万物有灵，是它选择了你。"

江浔并未完全听懂，还是收下了。他和夏清泽一起出门，好在夏清泽并没有问他都听到了什么，也没提小提琴的事，倒是调侃地说了句："你现在比在学校活泼。"

"……啊。"江浔腼腆着，接不上话。

"我每天早上都会去山上接泉水，你明天要一起吗？就当是锻炼了。"

"啊……好！"

"嗯，就这么说定了。"

之后他们没再说什么，吃饭不在同一桌，住的地方也不是同一栋。

洗漱后，江浔站在房间内侧的窗户前，双手托着下巴往外面看，想知道夏清泽住在旧楼的哪一层哪一间。他没能找到，倒是一抬头就能看到月亮，马上就要农历十五了，月亮很亮很圆，江浔要是换个角度看，月亮就藏在三四层高的竹林间。

他又想到了夏清泽——他看什么都能想到夏清泽，尤其是月亮，可这次，他突然发现天之骄子如夏清泽，也会有难言的烦恼。他不知道他说的到底是"他"还是"她"，但那个人对夏清泽而言肯定很重要，

那个人把夏清泽从云端拉到有苦乐哀怨的俗世间。

没过多久，戴佩云洗完澡从浴室里出来了，江浔马上蹦蹦跶跶上床，耍宝似的趴卧，小腿跷起，开心得直晃。

"臭宝贝，都几岁了，还跟三岁小孩一样。"戴佩云埋汰他，但脸上的笑意藏不住，祖孙俩小眼瞪大眼，怎么都看不厌。

"真奇怪……"戴佩云歪了歪脑袋，"明明上个月刚给你送了顿好吃的，怎么今天见着你，真和两三年没碰过面似的。"

本来就是啊，江浔心中酸楚，面上还是欢喜地笑："这说明奶奶也想我啊，一日不见，如隔三秋。"

戴佩云说的送饭是送到学校。山海中学的伙食很好，但江浔三餐吃得潦草，时间都挤出来刷题做作业。戴佩云心疼孙子体重一直掉，让陈筠学学别的母亲，三天两头做顿好的给江浔送去，看着他吃。陈筠每次都应下，但她忙着挣钱，高中三年一次都没送过。

戴佩云心疼孙子，就自己背着大包小包，热的吃食、凉的水果，每个月从村里坐公交给江浔送去，走之前再给江浔塞几百块钱，千叮咛万嘱咐，要他注意三餐饮食均衡。

"都回家住了一段时间了，面色怎么还是差。"细细端详江浔后，戴佩云疑惑道，"你妈是不是太忙了，又没时间给你做饭，让你点外卖吃？"

江浔回忆了一下那段日子，点头。

"唉，你妈……你妈也不容易，"戴佩云并没有抱怨，"等七月半过去了，奶奶回去给你做红烧肉。"

江浔鼻头酸胀，还是没能忍住眼泪。他奶奶后半生吃素，最后几年，闻着肉味都会不舒服。但因为江浔爱吃，她次次都会做红烧肉，奶奶做的红烧肉最好吃了，江浔都不需要别的菜，肉汁浇饭都能扒一大碗。

"还是说说你吧，"戴佩云坐到江浔的床边，摸孙儿的脸，爱怜道，"学校里很辛苦吧，我看你这样子，总觉得你受了不少委屈，遭了很多罪。"

"没事儿，"江浔将奶奶粗糙的手贴着自己脸颊，"有奶奶陪着，就不委屈，不遭罪。"

"傻宝贝，奶奶总不能陪你一辈子。"戴佩云也摸他的手，两人左手腕上的银镯碰到了一块儿。那是一对镯子，花纹简单且相同。

戴佩云请银匠手工打制时原本是想留着日后送孙媳妇儿，但江浔肤白，手腕上套个银镯就很映衬，戴佩云就在江浔上初中后送了他一只，江浔一直戴到现在。

那对镯子的表面原本都略有划痕，但戴着戴着，江浔那只越来越光滑焕亮，戴佩云的则越来越暗沉，细纹越来越多。

"你看，银能试毒，你是年轻人，有精气神，所以镯子越来越亮，而我老了，"戴佩云看着自己的镯子，"奶奶身体不行了。"

"才不是。"江浔用仅有的科学知识反驳道，"您身子好着呢，您要是像我一样天天做试卷不干活，这镯子肯定也亮晶晶的。它之所以变黑，是因为您劳碌啊，您天天洗衣洗碗打扫卫生，那些灰尘啊化学物质在银表面覆盖又腐蚀，才变成这样。您会长命百岁，您会……会一直陪着我。"

江浔还是哭了。

"呦呦呦，怎么又掉眼泪了，"戴佩云给他擦擦，"好好好，奶奶一直陪着你，奶奶哪里都不去……"

江浔最后是啜泣着入睡的，第二天起来，双眼皮都给哭没了，眼睛肿得狠狈。他醒来后戴佩云已不在屋内，他摸索着找到床头的闹钟，一看时间，惊得坐不起身——他尝试着坐起来，但昨天大拜的那点运动量就已经让他腰酸背胀。他特懊恼，觉得自己放夏清泽鸽子了，这都八点了，夏清泽肯定在庙堂里唱经文。

他正琢磨着再见面该说什么来道歉，他穿着睡衣推开门，门口却放着两个农夫山泉的大塑料瓶。

江浔一愣,眨眨眼,扭头看到夏清泽倚墙而站。他没穿亚麻的衣服,而是一身便装,显然是没去上早课,在门外等了很久。

但他什么都没说,脸上更没有一丝烦躁,只是问:"还去吗?"

拯救慧桥

III

茕茕独立 形单影只 若再无人相伴
他也要下雪了

I was certain that one fine morning
The butterfly would fly out of our plates

　　去！怎么不去，当然去！江浔"啪"的一声关上门，十来秒后再出来，衣服就换好了。

　　"走吧！"江浔拿起那两个塑料桶，情绪高涨。

　　"……就这么去？"夏清泽看了看江浔的穿着，有些迟疑。江浔一想到他让夏清泽在门外站了这么久，再不想耽搁，大着胆子推推他说："走呀走呀。"

　　于是夏清泽没再说什么，从江浔那儿提过一个桶，领着他往寺庙外走。普济寺傍山而建，寺庙后门就是踏平的山路，江浔跟在夏清泽身后，和他拉开三四米的距离。他刚才太激动了，衣服鞋子都是随便穿的，等开始爬山了，才突然发现，自己穿了双人字拖。

　　他本来就体力吃不消，又没穿合适的鞋子，速度自然越来越慢，但夏清泽没催，不仅放慢脚步等他，每走一段路还会回头看看。

　　"我们……"江浔扶着膝盖，喘着气缓缓，手里另一个桶不知什么时候已经被夏清泽拿去了，"还要走多久啊？"

　　"就在前面。"夏清泽用下巴指了指高处。

　　江浔抬头，看到不远处二十多米高的石壁上的小瀑布，深吸一口气，像只脱缰的大狗往前冲："好！我们一鼓作气！"

五分钟后——

江浔和夏清泽坐在山腰的小凉亭里，江浔裸着双脚，脚边的一只人字拖断了鞋带。夏清泽坐在他旁边，轻笑道："你要不就在这儿等我？"

"不行！"江浔只是声音响亮，脚趾不安分地绞到一块儿。

"那你小心点儿，前面石头多，别踩到青苔上了。"

江浔用力点头，赤脚跟着夏清泽继续往前走，没几分钟就抵达了目的地。江浔不算易出汗的体质，但这一路下来，他身上也黏乎乎的。夏清泽脸上也有汗，他脱了鞋踩进瀑布下的水坑，蹲下身捧起一抔水打在脸上，泉水顺着他的脸颊往下淌，再站起时，上衣晃荡着贴近皮肤。

"洗一洗。"夏清泽说着，朝站在身后的江浔伸出手。江浔本来就光着脚，一踏进那潭水，凉得一哆嗦，但这凉意很舒服，江浔坐下洗脸，觉得自己浑身上下都在吃冰激凌。

"我去桥那边灌水，你坐在这儿等。"夏清泽拎起塑料桶，往右侧方走去。那里有个人工凿出的小洞，上山的游客想玩水就顺瀑布而下，想灌水就去桥那边接。那座桥只有三米长，桥下的水流也很浅，尚未及膝，如果没有这座矮桥，成年人完全可以轻轻松松踏水而过。

也许是时间的问题，今天山上只有他们两个，江浔静坐至水面重归平静，低头，看到自己肿泡的眼皮。估摸着夏清泽等会儿就要回来了，他看了看桥，又看了看水面倒映出的自己的脸，两指在眼皮的地方一弹，强行把双眼皮弹了出来。他大睁着眼减少眨动的次数，起身往石桥走去，想去帮忙。

见到水流，他贪玩的劲儿也上来了。没走小桥，踏进水流，四五步也能走到对面。可他刚走到中间的位置，夏清泽就上桥了，一手勾着两个塑料桶，另一手捧着不知从哪里来的大荷叶。

江浔小心翼翼地转身准备回去。夏清泽在江浔对面停下，放下水桶，弯腰将那片荷叶送到江浔眼前。

"渴了吧，"他说，"干净的。"

江浔眨了眨眼，好不容易凹出来的双眼皮又没了。他双手捧着荷叶底接过，荷叶上的泉水因为两人的交接而流转，几颗小水滴蹿上来又落下，调皮又灵动。

"……桥上清泽桥下水。"

"你说什么？"夏清泽正蹲着系鞋带呢，没听清江浔刚才的喃喃，抬起头问。

"没什么。"江浔摸了摸头发，随意地往后拢，阳光照在他脸上、脖子上、锁骨上，将他的笑映衬得格外纯良。

江浔说："我刚才说你真好！"

这突如其来的夸奖让夏清泽微微一愣，很快一笑。

他们休息片刻后往山下走。江浔执意要帮夏清泽分担，十升装的塑料桶他原本还能左右手换着拎，到最后改为双手环抱。这样一来他的视线肯定受阻，一个没踩稳，他在离寺庙还有两三百米的泥路差点摔一跤。

"没、没事。"江浔抱桶的手臂紧了紧，就怕夏清泽不让他拿。

夏清泽倒没抢，他让江浔把另一个也拎上，蹲下身，后背露给江浔。

"是我考虑不周。前几天这儿下过雨,后门的山路不好走,我们现在绕去正门好了,那儿的台阶都是石板的,"夏清泽道,"不过前面有行车的小石子路,你光脚踩上去会受不了。"

"真不用——"

"上来,同学之间互帮互助,不用介意。"

夏清泽把水桶套他手腕上,很轻松地背着江浔站了起来,这时江浔突然想到了什么,没憋住笑。

"笑什么?"夏清泽问。

"啊……"江浔眼珠子一转,"我、我刚才想到一个笑话。"

"说来听听。"

"好啊,嗯,是这样的。有一天,哥哥和弟弟去山上接水,下山的时候弟弟走累了,就和哥哥说,哥哥,哥哥,我比水桶轻,我帮你拿水桶,你来背我,好不好呀。"

江浔咯咯地笑,热气全洒在夏清泽后颈:"这个笑话是不是很老土?"

"没有啊,"夏清泽说,"很应景。"

走过庙门口,夏清泽才将人放下。他先送江浔回房,江浔站在门口,一摸口袋才想起自己忘带了钥匙。这个点早课还没结束,他不想打扰奶奶,准备在门口等待。夏清泽看了看他又白又脏的脚,让他去自己房间洗一洗。江浔婉拒,可夏清泽一个眼神,他话都说不出一句,就乖乖跟着他往后面的旧楼走。夏清泽也住在二楼,他房间比江浔住的小一点,床用的是上下铺,但只住了他一人。

"你为什么不住新楼呀?"江浔疑惑。夏清泽说来留宿的很多都上了年纪，他年轻，不挑床，睡旧床就好。他给洗完脚的江浔拿了双拖鞋，随后爬到上铺靠墙坐着看书，把下铺的位置留给江浔。江浔想搭话又不愿打扰他，就百无聊赖地盘腿坐着，想着等再过十来分钟早课结束了。

等待的过程总是十足漫长，江浔征得夏清泽同意后从桌上拿了本书。和在题海埋头苦干的江浔不同，夏清泽是那种从不刷题的学神，天赋型选手只要保持手感就够了，课余时间大可用来做自己喜欢的事，比如打篮球、看书。没有人知道夏清泽到底爱看什么书，他看的书很杂，有一段时间看的全是学术型的心理学文献，术语多得英语老师瞅一眼都脑壳疼。好在江浔随便拿的这本是诗集。他翻开，扉页有一句夏清泽的摘抄，字迹隽秀有力——

不知原谅什么，

诚觉世事尽可原谅。

——《杰克逊高地》

江浔将书合上静坐了几秒，觉得真是巧了。说来难为情，他看书很慢，阅读量跟夏清泽比肯定是相形见绌，他之所以读过这本，完全是因为对同系列另一本书感兴趣，他出于好奇都翻了翻后，最喜欢的是有俳句和诗的这本。

那书他后来翻过好几遍，折了好几页喜欢的句子，夏清泽只折了一页，江浔把书翻到有折痕的地方，那首诗叫《我》，里面只有一句——"我是一个在黑暗中大雪纷飞的人哪"。

江浔的指腹画过那几个字，将书翻到目录，找到乙辑的位置。他翻找到其中有七八句的一页，仰头望了望床板，手抬起又缩回，再抬起,他用指节敲门似的叩了叩,另一只手迅速将展开的书放到上铺床沿。做完这一切后他整个人缩进下铺的墙角,后背都在随心跳细细地抖。

那几秒里他是万分后悔的,觉得自己像个行为迷惑的傻子,莫名其妙。他忐忑着,没想到几秒后夏清泽从上铺伸出手,晃了晃那本翻开的书,示意江浔拿回。

江浔接过,握着书脊,书翻开的那一页就是他刚才找到的,夏清泽用黑笔画了左下角的一句——"你再不来,我要下雪了"。

他知道我想给他看哪一句。

从未有过的喜悦在他五脏六腑蔓延开来。

江浔伸手去拿书,在扑了个空后下意识握住上铺的护栏,从下铺站起。他转身,一扭头,发现夏清泽已经不是靠墙而坐的姿势了,他散漫侧躺,一只手撑着脑袋,另一只手合上书,书封上写着——《云雀叫了一整天》。

时间仿佛静止在这一刻。房间里没有任何声音,房间外没有丝毫动静。一切都是那么平静,如瞬息,如永恒,两个少年穿过这瞬息与永恒相视。

"吃饭啦,可以吃饭啦——"

走廊里的提醒声打破了这一刻平静,江浔低眉将目光挪开,从床板上跳下来,仓皇失措地先出门离开,夏清泽没追上来。到了食堂,两人也还是和昨天一样,好像刚才什么都没发生。但江浔显然魂不守舍,饭吃着吃着,菜都要送到鼻子里了,戴佩云笑着给他拿纸巾擦拭,吃完饭后一起回房间休息。

江浔从行李箱中拿出试卷和笔，翻到反面的空白处随便涂画，本想分散些注意力，那白纸上却全是夏清泽的模样。

江浔放弃了，落笔随心。他虽是半路出家搞动画，但素描基础扎实，人物线稿熟能生巧，速度也快，戴佩云老花眼镜都不用戴，就看出江浔画的是那位小后生。

"画得真像。"戴佩云夸赞。

"那我画您呀，"江浔换了个角度坐，拿出了张新的试卷，"我还从没画过您呢。"

"瞎说，你小时候见不着别人，哪次不是对着我画。"

"那能一样吗，我小时候水平多差啊，猪能被我画成狗，狗能被我画成猫。"江浔已经开始起稿了。戴佩云本想说她太老，画出来不好看，但见孙儿这么认真，便不再言语，保持着静止姿势方便江浔作画。江浔抬头又垂目，一双眼炯炯有神，下手又快又准，熟练得不像个高中生。

这让戴佩云很欣慰，她记得上次去学校见孙儿，江浔被成绩排名压得双目无神。她很心疼，她的江浔虽从小内向话少，但只要做喜欢的事情，眼睛肯定是亮的，比如画画。

江浔五六岁就喜欢涂涂画画，知道家里条件不是特别好，就捡了很多报纸在空隙里画，她发现了，就把小江浔抱到三轮车后座，载着他从村里到镇上，去文具店里买画笔和纸张。江浔很乖，有什么想要的也不好意思开口，有本奥特曼的描画本他看了很久，她拿起来要去付钱，江浔不让她买，没说不喜欢，只是说，太贵了。

她到现在都记得小江浔把那本奥特曼描画本捧在手心里时

的笑容,那种纯粹的开心她很少能从学校里的江浔脸上看到。她知道知识改变命运,但她又真的好希望,她的宝贝孙能重新高兴起来,能永远像现在这样开朗活泼。

"画好了,怎么样,比我以前水平好吧。"江浔收笔,把试卷转了一百八十度朝向戴佩云。他少画了很多皱纹,使得画中人不像个操劳了大半辈子的六旬老妪,而是正值风华的吴地江南女子。

"奶奶年轻的时候肯定很漂亮,比我画的都漂亮。"江浔放下笔,托着下巴,笑得天真又灿烂。戴佩云戳他的鼻子,笑着说:"你啊你……"

下午,江浔随戴佩云去大拜。和昨天一样,他们站在最后,夏清泽站在第一排,江浔的动作已经非常标准,再不需要别人来教,整个过程,夏清泽也没有回头。离开前江浔故意磨蹭,等夏清泽过来再走,但夏清泽只是跟戴佩云问好,并没有主动找江浔说话,恍若那云雀的叫唤只是一场幻境,只有江浔沉溺其中。于是江浔也避着夏清泽。这才像他,他当年来庙里,前两天门都没出,只是换了个地方写试卷,第三天盂兰盆会他要扶龙把手,才远远看到夏清泽。

只一眼,便匆匆挪开,那才是十七岁的江浔的正常反应,胆小内敛,卑怯含蓄,哪怕现在在梦境里,也不敢胡作非为。

可他又实在睡不着。

他双目清明,辗转反侧难以入眠,只得抓起昨日方丈所赠的那支尺八,于深夜蹑手蹑脚地推开门。他去了寺庙后方的竹林,那片林子比山海中学的大多了，晚风穿过竹梢环绕着他，他身置其间，头顶有一轮莹莹圆月。

他听到了乐声，这个夜晚他不是一个人，他躲在林间，看到前方空地处的大石头上坐着夏清泽。他在拉小提琴，江浔听不出那是什么曲目，只觉得那调子明明是欢快的，怎么夏清泽拉出来，其中总有几分难愁。

今夜山风响亮，江浔又隐于林中，就这么默默地看着，听着。一曲结束，琴头还抵在夏清泽脖子上，但他拿琴弓的手垂在一旁，沉静得像圆月落尘埃，被如雪的竹叶覆盖，无人知，无人识。

江浔倚着一根竹子，低头用力踢了一脚旁边的碎石头，夏清泽闻声回头，江浔站直，装成不小心被发现，扭扭捏捏地招手：

"嗨！"

夏清泽比白天时候来得漠然，淡淡地朝他点头。江浔便上前，将丝绒袋背在身后。

"好巧，"江浔说，"我也睡不着。"

夏清泽没有说话，江浔也没退怯，绕到那块大石头的侧方，背对夏清泽而坐。他从袋子里拿出那支乐器，把歌口抵在唇下，深吸一口气后吐出——

意料之内的，他没有吹响。气息穿过竹制的管体从筒口跑出，聚散入风。他没有气馁，调整角度却屡试屡败，也不知道试了多久，夏清泽终于转身，将那支尺八从中间的软木处拧开，让江浔只拿着上部分，这样更容易吹响。江浔于是握着那半支尺八，腹部出气，再试了几个角度后，居然真吹出了声音。

"我成功了！"江浔欢喜，将下一截接上，再吹出来虽然有明显的气音杂音，但也是响亮的。夏清泽也有些诧异，他说他有玩尺八的朋友，有些吹一个月才能出声。

"看来你和它真的有缘。"夏清泽道，"怪不得方丈会赠你。"

江浔十分高兴，再接再厉地吹气，小心避免气音。他原本以为尺八的音色会像箫，但真吹出来了，又觉得有点不同。尺八音色更苍劲，不仅藏着松涛，还把海浪带到竹林间游荡。

"哇，我也算会一门乐器了。"江浔可高兴了，保证道，"我可一定要好好学。"

"好啊，不过尺八难吹，你要有心理准备。"夏清泽想了想，补充道，"我可以给你介绍老师。"

"真的吗？！"

"真的，"夏清泽笑道，"我认识一位日本的尺八传人，"他顿了顿，"先生近期应该会来中国，开学后吧，我约他来和你见面。"

"怎么了？"夏清泽捕捉到江浔眼眸一黯。

"没什么，谢谢你！"江浔愣神后马上一笑，明知道夏清泽一开学就要出国，还伸出小拇指，跟他说，"那我们拉钩！"

夏清泽许久没做过这么孩子气的仪式了。晚风再次吹过，卷得竹叶纷纷扬扬，他们在竹雪中勾上对方的小拇指，两人大拇指碰到一块儿，异口同声道："一言为定。"

第二日，普济寺的盂兰盆会祭祀便开始了。香客从四面八方而来，祈福祭祖，特别是那些在五湖四海经商的，都会到普济寺上炷香，贡一樽龙扶手。这是山海市特有的习俗，来访的香客需捐一定的香火钱，然后从师父那里拿到一把木制的龙形扶手，龙头上有一凹槽，上面点一根小香。

诵经后，方丈和其他师父会领着扶龙把的香客从大雄宝殿绕行至藏经阁，参拜后诵经，诵经后再回大雄宝殿，如此循环三遍，既是追思故人，也是为生者祈福。

盂兰盆会是佛教的说法，道教则将农历七月十五称为中元节，民间又俗称鬼节或七月半。江浔对七月半的了解一直停留在那一天要吃酒席，也是这次在殿庙里听了《佛说盂兰盆经》，才知道这个节日的由来——相传佛陀弟子大目犍连的母亲去世后堕入饿鬼道，大目犍连是大孝子，为救母亲，在七月十五日敬设盛大的盂兰盆供，以百味饮食供养十方大德众僧，依靠他们的神力共同救母亲于苦海。大目犍连成功了，修行之人度己也度众生，就把这个办法推广开来，以尽孝道，便渐渐有了盂兰盆会。

江浔记忆力没以前那么好，在信徒中滥竽充数，反反复复只会一句"南无密栗多哆婆曳莎诃"。他在一群老人中不算矮，一挺背，就看到最前方的夏清泽。夏清泽对《佛说盂兰盆经》很熟练，不需要看文字就能唱出来。他旁边的位置是空着的，那才是正中间。江浔正纳闷，一个穿正装的中年男子从他身侧走过，在一群僧衣中格外显眼。江浔没看清他的脸，也没见他和任何人交谈，当所有人都起身去取龙扶手，他和夏清泽前后站着，江浔一下子就能想象出不惑之年的夏清泽会是什么样子。

但他们父子俩的气质又全然不同，和夏清泽的面冷心善不同，他父亲身上难窥佛缘，显然是视商场如战场，多年来杀伐果决从不慈悲,来佛堂庙宇都未必是求心安,只是完成一道程序。

没过多久,方丈开始念供奉龙把手者的祷词,江浔竖着耳朵听,听到夏清泽父亲求的是"日升月恒,万事亨通",后面跟着好几个公司的名字,以及集团大厦的地址,夏清泽的则是"母亲安康",别无其他。夏父很忙,听完祷词后就将龙扶手交予儿子,先行离开。

他们的父子关系非常克制,江浔都会好奇地扭头看看那个来去匆匆的背影,但夏清泽从未回头看。之后的绕行中,夏清泽一个人捧着两樽龙扶手,江浔前两天就听过别人议论,说这个少年家境殷实天资过人,实在是好福气。可江浔不这么想,尤其是现在,他总觉得夏清泽身在庙宇,一颗心却游离在外,纷飞到那黑暗中,被昨夜飘落的竹雪淹没。

茕茕独立,形单影只,若再无人相伴,他也要下雪了。

于是江浔来了。

诚心如夏清泽,是不会在绕行中左顾右盼的,他之所以会恍神,是因为一阵穿堂风将香灰吹落到他手背。

他被烫得一疼,下意识地抖手腕。他又刚好随方丈走到了大雄宝殿后方外侧,当香灰随风往殿内飘,他看过去,视野所及之处有数朵供奉在菩萨台前的莲花,那打翻的净瓶下,排在队伍末端还未走出大殿的江浔在烛光辉映中刚好与他对视。

"爱别离苦,谁拯慧桥。"夏清泽身前的方丈念道,"阿弥陀佛。"

第三天的晚饭,江浔和夏清泽终于坐到了一桌。

夏清泽主动跟别人换了位置，坐到江浔和戴佩云对面。他很安静，但江浔总是忍不住低笑，不得已只能低着头，避着不去看夏清泽。

他原本还想约人等会儿一起去竹林练尺八，但饭还没吃完，夏清泽出门接了个电话，再回来，他将没吃完的饭碗放到水槽边后离开。

吃斋饭的原则是盛多少吃多少，不能浪费，夏清泽这么匆忙，显然是事发突然。江浔咬着筷子，不知道该干什么，还是戴佩云一拍他的后背，让他追去看看。

江浔于是放下碗筷，追到停车场，那儿停着一辆奔驰S600。见夏清泽来了，司机下车打开后车门，恭恭敬敬喊了声：

"少爷。"

江浔驻足了。

与此同时夏清泽也注意到后面有人，他似乎很着急，如果来的不是江浔，他脚步根本不会停。他似乎也很懊恼，手抓着车门，没坐进去，也没回头，很是两难。

"你是……回家吗？"江浔把手背在后面，晃了晃身子，刻意做出轻松的姿态。他没问夏清泽何时回来这种尴尬的问题，很识趣地退了两步，祝福道："一路顺风。"

话音刚落，夏清泽转身朝他走来。或许是错觉，江浔居然从夏清泽眼中捕捉到一瞬间的、要和一切割裂的决绝。夏清泽伸手去拍江浔，那么突然，又那么短促。他没说一句话，都没等江浔回过神来，他就转身上车离去，只留下江浔在原地。

江浔目送那辆车消失在拐角，怅然若失。他闷闷不乐地回去，胡乱扒了两口饭就不想吃了。他原本想帮奶奶洗碗，可等他有了这个念头，才发现奶奶已不在食堂。他去厨房寻找，其他帮工说戴佩云先走了，好像是临时有事。

这太稀奇了，更古怪的是，江浔回到房间，再去佛堂，都没看到戴佩云的身影。他不由得发慌，夜色将至，他奶奶能去哪儿呢？好在有僧人看到戴佩云带着纸钱往后山走了，江浔找过去，他奶奶果真在一处空地前，把纸钱分成好几堆。

"奶奶，您可让我好找。"江浔舒了一口气，走过去帮忙。

"给你爷爷烧点纸钱。"戴佩云说着，给其中一堆多扔了好几沓面值几百亿的钞票，"让你爷爷花个够，在西方世界做个极乐醉鬼。"

江浔被逗得一笑。他对爷爷几乎没有印象，奶奶也很少讲，只说他很贪酒，结婚后也白天睡大觉晚上去买醉，有一年冬日彻夜未归，第二天大家伙儿去寻，发现他醉得太厉害，不小心踩空跌进了水池。戴佩云就这么年纪轻轻守了寡，一个人辛辛苦苦把江穆拉扯大，也只有江浔这么一个孙子。她就是那种最传统的中国奶奶，对自己什么都舍不得，对儿孙什么都舍得。自己一分钱掰成两半花，每次见着江浔，都好几百地给钱。江浔以前嘴拙，推不过奶奶，但那钱收下后他从不花，全攒着，就等着以后自己也挣钱了好好孝敬奶奶。他无数次畅想要带奶奶去看山川湖海，无数次期待他们最后回到山海市的农村度过余生，那才是他的家，有奶奶的地方才是真正的故乡。

但他奶奶说，你该回家了。

江浔刚点好火，用一根细竹挑着纸钱，头都没抬："我给我妈发过短信，她说我要是想接着住也没关系。"

"不是呀，"坐在石阶上的戴佩云摇了摇头，"我说的是那个现实的家。"

江浔拿竹竿的手一顿，旋即尴尬地笑："奶奶您说的我怎么都听不懂。"

"宝贝孙啊，"戴佩云说，"你和奶奶说实话，你不属于这里，对吧？"

江浔的笑容全然僵在脸上。

"你该回去了。"戴佩云轻声说。

"奶奶……"江浔脸色煞白，也不管那些纸火了，三两步冲到戴佩云膝前跪下，差点要给她磕头，"奶奶您别赶我走，别不要我，奶奶——"

"傻宝贝，奶奶怎么舍得不要你呢，只是……"戴佩云抹不干净江浔的泪，也顾不上自己的。江浔一直摇头，哽咽着，反反复复说了好几遍"别离开他"。

"我好不容易……才见着您，我不走，我死也不走……"

"那好，"戴佩云抹了把脸，稳定住心神。她从江浔见到她后恸哭起就有这疑惑，如今证实了，她便放宽心地问，"那你告诉我，在你来的地方，奶奶是不是没了？"

她这么一问，江浔的哭声突然就止住了，已然是流了太多泪，流干了。

"怪不得。"戴佩云明了，脸上有看破红尘的淡然，"这是迟早的事情呀，宝贝孙，奶奶真的不能陪你一辈子。"

"不是的。"江浔麻木道。他这辈子都不会忘记那一天，他在课上突然接到妈妈的电话，陈筠在电话那头泣不成声，跟他说奶奶没了。

一切都是那么突然，他没见到戴佩云最后一面，他父母也没有。那天戴佩云一个人扛了梯子上老房子的二楼，想给屋顶再压几块砖。她跟陈筠提过好几次，说一到台风天二楼屋顶就哐哐作响，让他们联系靠谱的师傅来看看，必要的话修缮一下，不然台风要是刮得强劲，屋顶可不得被掀开了。陈筠每次都答应，每次说完好就忘，再想起来，台风已过境，就觉得再等等也无妨。谁都没想到戴佩云会自己去屋顶，也没想到她会摔下来。那是老房子的二楼，不算高，可她是后脑着地，把她送上救护车的邻居说，她当时就不行了……

"原来是这样啊，"戴佩云听了，为自己叹了口气，"你也别怨你父母，这种事情谁都预料不到，要怨，也只能怨我自个儿劳碌命。"

"反正我不走。"江浔固执又坚定，"在那个世界里，我连您的遗言都没听到，我不走，我说什么都不走。"

"这样啊……"戴佩云仰头看了看苍天，视线收回，摸上孙儿的脸，"那你让奶奶猜猜，在那个世界里你最后一次见我，我是不是和你说我没什么别的心愿，就希望你高高兴兴的，做自己喜欢做的事？"

江浔沉默，也是默认。

"你看吧，你要是能看到我最后一眼，我要说的肯定也是这一句，所以真的没有什么遗憾，宝贝孙，奶奶就只希望你能开心。"

江浔泣不成声。

"那让奶奶再猜猜,"戴佩云反而笑了,"你是不是重新开始画画了?你画画的时候最开心。"

江浔点头。

"这就对了。"戴佩云的语气里满满都是自豪。她揉江浔的脸,给他加油打气,"我的宝贝孙子最棒了!"

"奶奶……"

"回去吧,"戴佩云脸上的泪从脸颊淌到咧开的嘴角,"不要逃避,宝贝孙,回去吧。"

"你知道奶奶今天在佛堂扶龙把,心里念叨的都是什么吗?奶奶和佛祖菩萨说啊,希望它们保佑我们江浔,平平安安,健健康康,保佑他早上起来睁开眼是江浔,晚上入睡闭上眼也是江浔。除此之外奶奶别无所求,奶奶就希望你永远做你自己。"

戴佩云说着,将自己手腕上暗浊的银镯摘下,套到江浔手上:"不要逃避,宝贝孙,奶奶永远陪着你。"

一阵风吹过,卷起数不清的火星和灰烬,模糊了的空气和灰尘,将他们围绕。江浔跪着,给戴佩云磕了三个头,戴佩云将江浔腕上平滑的那一只银镯取下,握在手心,说:"你也永远陪着奶奶。"

"回去吧。"她的手指画过,合上孙儿的泪眼。

银镯相撞,一声轻微的脆响后,江浔睁开了眼。

成为了光

IV

我们都有光明的前途

Even so my sun one early morn did shine
With all triumphant splendour on my brow

  他盯着一片漆黑的天花板，于五六秒后猛然坐起，去摸墙上的开关。他把手腕上的镯子褪下来，急急忙忙地辨认，当摸到上面的糙痕与细垢后，他大笑着，眼泪止不住地淌出来："这是真的，这是真的……"

  "这不是真的。"漆黑的电脑屏幕亮起了波点，是神出鬼没的小艾同学来了。

  "小哎……小艾同学，"江浔太激动，名字都没叫准。他坐到电脑前，给屏幕看那个镯子，说，"这就是我奶奶的镯子啊，我、我问你，我能把镯子从梦境里带出来，那我下次入梦的时间点如果是在我奶奶去世前，那我能不能把奶奶也带回来，我——"

  "江浔，"小艾同学的声音难得有了起伏，"人死不能复生。"

  江浔的笑慢慢收回来，背也驼下去。

  "我之前就和你讲过，梦境终究是梦境，切勿沉溺。"

  "可这一切……真的比现实还真！"

  "那你看看现在的时间。"

  江浔吸了吸鼻子，摁亮手机屏幕，上面显示的时间是十一点半。

他在梦里待了三天，其实才睡了一个小时都不到。

"这才是你的现实。"小艾同学说，"这才是你奶奶希望你勇敢面对的。"

"那你们为什么……还让我把镯子带回来？"江浔睹物思人，竟有些委屈了。小艾同学不慌不忙，说："那好吧，交给我，我给你送回去。"

江浔侧身，护住手腕，思绪也清明起来，不再跟小艾同学胡搅蛮缠。

"这其实是我送你的一个小礼物，"小艾同学解释道，"我上次说过，是你先找到我，这是我的馈礼。"

"可我小时候……"江浔皱眉，五官都往中间挤，死活都找不到小艾同学在他二十四年记忆中的痕迹。

"你到美梦成真时就会想起来的，"小艾同学说着，江浔手上那个花形吊坠上失去颜色的花瓣也消失了，"到那时你会发现，一切都是因果循环。"

小艾同学说完，电脑便重新恢复原状，江浔拍了拍屏幕，"哎、哎"地叫了好几声，小艾同学都没再出来。江浔呆呆地静坐，寻思着小艾同学也太急着深藏功与名了，下次再出现，他一定要好好问问，梦境和现实的时间到底该如何换算，还有什么其他隐藏功能可以解锁。

但当务之急，他还是得先睡一觉。一夜无梦后醒来，江浔已经错过了早饭饭点。于是他泡了桶泡面，吸溜完面条后难得出门去小超市买了块有香味的肥皂，把夏清泽的手套仔仔细细洗干净后又用吹风机吹干，然后才坐在透光板前画稿。江浔做动画一直是在手绘的基础上，配合 PS、AE 等专业软件进行处理，所以第一步的线稿尤为重要。人做喜欢的事情，时间就会变得很快，地下室又没窗，是见不到太阳光的，很多次江浔往工作台前一坐，没日没夜地画画，直到饿得两眼昏花才有心思休息，顺便再吃桶泡面。

他也没几个朋友，除了 10086，也就徐则进会和他联系，放在床头的手机振动时他正画到兴头上呢，以为是徐则进，就没接。但那振动声丝毫不气馁，断了就响，响了继续响，江浔被振烦了，扑到床上抓起手机，接通后就是冲着让对方快点挂去的，故作娇滴地说："哎呀什么事情呀，人家现在好忙啦，没时间啦。"

"……你现在不方便吗？"

江浔听到那声音，瞬间石化，还能动的眼睛使劲儿往屏幕上瞥，来电显示上写着——夏清泽。

"那我先挂了，"夏清泽说，"不打扰你。"

"别别别别别别！"江浔的声音迅速恢复正常，也顾不上自个儿形象了，连忙解释说自己刚才以为是别人打来的，误会一场。夏清泽在电话那头笑了一声，说："你和别人说话，原来会用那种语气。"

江浔觉得解释不清了，恨不得给自己胸口插上一刀。

"那……你找我是有什么事吗？"江浔问。

"也没什么，问问你昨天休息得怎么样，以及昨天招待不周，今天晚上想请你再吃一顿饭，"夏清泽道，"就我们两个。"

江浔眨巴一下眼，喉咙口本能地要钻出婉拒的话。

就算是很想要的东西，江浔也从不敢主动表达喜欢，只是眼巴巴地看着。小时候是因为穷，村门口小店里一毛钱两颗的水果糖在他眼里都金贵，后来是因为父母太忙，承诺了会给他买什么，忙着忙着就忘了。

期望值越高，失望后所带来的落差就越大，这种承诺未兑现的失落肯定比从未拥有过来得深刻。为了减少这种落差，江浔很早就擅长拒绝，不管是父母朋友，还是陌生人的善意。久而久之，别人就是把他渴望许久的东西塞他手心里，他也会摆手，不敢去接。

这种胆怯在面对夏清泽的时候尤为明显，那是他从高一入学第一天起就向往的人，他想了那么多年，话却没说过几句。想和夏清泽说话其实很容易，只要你跟他打招呼，他肯定会出于礼节地回应，但如果你避着他，他反而会非常礼貌克制地退回去。

他们这两种性格碰到一起就是妥妥的话题终结者，江浔不假思索地说他没空，夏清泽则没有犹豫地"嗯"了一声，并没有表现出再劝说的意图。江浔听着电话那头的沉默，说不后悔是假的，可让他再改口，他又实在是难为情。

他本以为夏清泽很快会挂断，但夏清泽在两三秒后说："有人托我给你带话。"

江浔端坐在床上，腿脚都缩了缩，紧张地问："谁啊？"

"我觉得还是当面聊比较好，我也有东西要转交给你。"夏清泽顿了顿，"当然，最重要的是你有时间，也方便。"

江浔倒在床上，没拿手机的左手紧紧抱住膝盖。如果说东西需要当面交与，那别人的话夏清泽完全可以现在就告诉他，但夏清泽没有，他还是想邀江浔出来，并把决定权交予他，他若没有意愿，完全可以再拒绝一次。

"其实……"江浔艰难地刚说出两个字就想打退堂鼓。这时他看到腕上的镯子，还有那朵只剩四瓣花瓣的花，提醒着他梦境与现实有界限，而他要面对和争取的终究是这个世界里的人和事。

"……我今天，其实也没什么要紧的事。"他说完，就紧张得死死地捂住嘴。

"那你告诉我你住哪儿。"夏清泽等的似乎就是江浔的这一句。江浔报了个近郊小区的名字，夏清泽让他等半个小时，他从市中心开过来需要点时间。江浔就在挂完电话后，久违地给自己挑起了衣服。

他是今年上半年辞职的，但搬到这个小区是两个月前，住这儿又不需要出去见人，衣服穿来穿去就那么几件，其他的都还放在行李箱里没拿出来。江浔从中翻出羊毛衫和围巾，想了想，把夏清泽昨天给他的手套叠好放进小纸袋里，准备等会儿见面后直接还给他。等时间差不多了，江浔走到小区门口，十二月的杭市十分湿冷，江浔没等几分钟夏清泽的车就到了，但他钻进有空调的车内，还是冷得牙齿打战，双拳紧握。

夏清泽将空调开到最大，把自己放在后座的大衣拿过来，盖在江浔腿上，他看到江浔缩进袖子里，红肿未消的手，双眉微蹙，问："要不要现在回去拿手套？"

"不用。"江浔摇摇头，把那个小袋子递给夏清泽，"我想着药膏可能会沾到手套内侧，就洗了洗，干净的。"

"你手洗的？"

"啊……嗯。"江浔想羊绒制品不手洗还能怎么洗，他觉得自己已经洗得很仔细了，但不知为何，夏清泽捏着那双手套，表情总有那么点……不悦。

"手套送你。"

"不用不用……"江浔不好意思地推辞，"我——"

"江浔。"夏清泽说，"你知道我不缺一双手套。"

江浔低了低头，觉得自己在夏清泽眼里是无事献殷勤，反而弄巧成拙。

"药膏也要记得继续涂。"

"嗯。"江浔心不在焉地答应，等回过神，车辆已经往市中心驶去。他们先去了一个中式餐厅的雅间就餐，等上菜的空当里，夏清泽向江浔为昨天的事道歉，说他不应该明明注意到江浔脸色不好，还带他去吃日本料理。江浔从没觉得夏清泽应该道歉，他还特内疚吐人西装上了呢，拿起旁边的茶壶，想以茶代酒敬夏清泽一杯。

但他一个没拿稳，手指又被壶身烫到，那茶壶就在他松手后洒了一半水在桌上，然后摔到地上破裂开来。江浔听到那瓷器破裂的声响，整个人都木了，愣愣地去抽纸巾。夏清泽比他淡定，说等会儿服务生来收拾就好，江浔不听，一个劲地跟有强迫症似的擦，直到夏清泽握住他的手腕，摁着他的肩膀让他坐回去。

"这是我弄的，"江浔小声道，还想站起来，"我收拾就好……"

"江浔。"

江浔头更低了，手里的纸巾被他紧紧握住。

"你昨天和我说，你现在在做动画，对吗？"

江浔不明白夏清泽怎么突然提到这个，迟疑地点了点头。

"那你的手就是用来画画的，而不是擦桌子。"他一字一句地说，"更不是用来洗手套的。"

江浔终于抬起了头。夏清泽是有些生气的，但一见江浔那双眼睛，又气不起来了，无奈地说了句："末滋末锅。"江浔原本还拘束着，听夏清泽这么正经地说方言，又没憋住笑。

"末滋末锅"是山海话里一个翻译不出的词，勉强可以理解为"后知后觉"，但也有迟钝到没感觉到的意思。这也是孟嘉腊的口头禅，当年全班除了夏清泽，谁都被孟嘉腊盯着改过错题，要是改了好几遍还没算出正确答案，孟嘉腊就会恨铁不成钢地对那个同学说："你呀你，和地图湖里被学生喂得太饱的鲤鱼一样末滋末锅。"江浔就是当年的鲤鱼一号，他考了那么多次试，物理没一次赶上班里平均分，孟嘉腊对他自然特别关照。

夏清泽说："我还记得，孟老师每次都是夜自修最后一堂课最后半小时来，拿着作业往讲台上一坐，老花眼镜一戴，就开始点名，让有错误的同学上去站他旁边改，改不对就一直改，不能和别人交头接耳。"

"是啊，我每次都是第一个被叫上去，最后一个下来。我自己改改其实还成，但当着他的面，我就特紧张，数字老算错。"

江浔是当事人，对这件事更是记忆犹新，"其实他这样也不好，大家都怕被叫上去，交作业之前就互相对答案，再故意写错一两个选择题，防止孟嘉腊生疑。"

"但这样，万一错了，就是错一大片。"

"不会的，"江浔笃定地摇头，"他们都偷偷拿你的作业，你比标准答案的正确率都高，怎么可能错。"

夏清泽一笑："那你为什么还在讲台上站这么久？"

"我……"江浔挺着胸膛道，"我求个问心无愧。"

到底曾经是同窗，有高中作为切入点，他们聊着聊着，也慢慢没那么生疏。吃完饭后他们沿着湖畔散步，夏清泽也说了些自己的情况。他之所以在高三出国，是因为母亲去瑞士治病，他便一同去了，大学也在瑞士念的。去年他母亲的病情基本稳定，他也完成了学业，就一同回了国。

夏清泽都这么坦言了，江浔也不好意思扭扭捏捏含糊其词，就把《居山海》已经做好的几个片段和手机相册里的脚本图给夏清泽看。那是个讲友情的故事，故事的前半部分，主人公小海因从小生活在海边而皮肤黝黑，父母为了让他获得更好的教育，把他送进城里的小学，但小海因为肤色，从入学起就被同学嘲笑孤立，只有小树愿意当他的朋友，他们一起爬到山顶去往海角，领略这座城市的美，直到高考将他们分开。

江浔设计的两个主角是二维动画质感的，但场景画得很真实，像加了动画滤镜的照片，又很明显都是手绘，使得人物和背景呈现出既割裂又融合的矛盾美感。夏清泽问这个山与海之城是不是以山海市为原型，江浔笑着，坦荡地说："这一切就发生在山海市啊。"

"嗯。"夏清泽点了点头。他们已经坐回车里了，他开了车内道照明灯，从车后的公文包中拿出个长条形的檀木盒，"我要给你的东西也是从山海市带来的。"

江浔接过，看了看夏清泽，在他的注视下将盒子打开，里面的乐器刚在十几个小时前的梦境中出现过。他拿出那支尺八，诧异道："怎么会在你这儿？！"

"你之前见过它？"夏清泽也有些惊讶。

"啊，我……"江浔连忙开动自己的小脑筋胡编乱造，"我很早的时候见方丈吹过。"

"……是吗？"夏清泽还是存疑，但很快正色道，"我上个月回山海市选适合做咨询室的房子，也回了趟普济寺，师父就将这支尺八交给我，让我日后见着你了，转赠于你。"

"真的吗？"江浔的眼睛亮亮的，里面藏着梦境和现实重合后的喜悦，"托你给我传话的也是方丈吗？他说什么呀？"

"不是。"夏清泽摇了摇头，说，"是你父母。"

江浔脸上的笑突然一僵。

"我并没有你的联系方式，我尝试着找你，也只能通过以前的高中同学问到你父母的住址。但你父母也不知道你在哪儿，因为你两个月前就已经从自己的公寓里搬走，至今没和他们联络。他们只能确定你还在杭市，还说如果我能找到你，一定要转告你，他们很想你。"

"江浔，"夏清泽说，"你父母很担心你。"

那是再寻常不过的至亲对孩子的关切，但江浔听着却像是受了刺激，不仅笑不出来，脸色在车内暖光的映射下依旧煞白得彻底。

"回趟家吧，江浔。"夏清泽劝道，"你会把《居山海》的背景放在山海市，说明你对家乡并不排斥，那就回去看看他们，让他们心安。"

"我不回去，"江浔不听，"他们不支持我搞动画，我不回去。"

"他们只是担心你的身体。"夏清泽晓之以理，"哪怕是作为一个朋友，我知道你作息紊乱，三餐不均，我也会担心。"

江浔看着他，飘忽不定地问："我们现在……算是朋友？"

"不然呢？"夏清泽和和气气地反问，"如果是毫无交集的陌生人，我会三天两头接到你母亲的电话，被她询问有没有你的消息吗？"

"那你就不要接！"

意识到自己声音大得无理，江浔小声说了句"抱歉"。夏清泽看着他，眼神柔和得像看一个闹别扭的孩子。他建议道："其实你可以好好跟你父母聊聊，你到底在做一个什么样的动画，你又为什么想讲这个故事，他们会理解的。"

"他们不会懂的。他们会说小孩子才看动画片，会说我幼稚、不成熟、莫名其妙。"江浔红着眼，小心翼翼地戳了戳夏清泽道，"你刚才说我们是朋友，那你可不可以别告诉他们我住在哪个小区，他们会来找我，砸我电脑撕我稿纸，再把我关进家里。"

"你的父母不会。"夏清泽虽能保证，但也感受到了江浔对家人极度的戒备和不信任，只能答应，"好，我不和任何人说。"

"你真的不会告诉他们？"江寻求证地问。

"你别忘了我是心理医生，替别人保密是这个职业的基本素养。"夏清泽顿了一下，"但你要答应我，你接下来得好好吃饭，保证充足的睡眠。你不想让别人担心，你首先要照顾好自己。"

江寻连忙点头。那天晚上之后，他慢慢地开始调整自己的作息。夏清泽没管他的早饭和起床时间，但让江寻吃午饭和晚饭的时候给他发张照片，证明他确实吃得膳食均衡，再在每天晚上睡觉前给他发条消息。有那么几天，江寻和夏清泽的微信聊天记录就是两张照片和一条"睡啦"的循环，但江寻一旦没在饭点发照片，夏清泽就会问需不需要给他点个外卖。江寻当然不愿让他破费，只有一次他画得太忘我，没来得及回复，等电话来了让他出来取吃食，他才知道夏清泽说的外卖是星级酒店的正餐。

之后江寻再也不敢忘记吃饭了，到点了肯定能找些荤的素的和水果凑张照片发过去。这么吃了小半个月后江寻没觉得自己身体素质好起来，只看到账单数字噌噌噌地往上飙。

这样下去不是办法，他真的有过回顿顿泡面的生活的冲动了。

他在一月初的某一天下午听到敲门声。地下室是没有猫眼的，他纳闷着开门，通过十来厘米的门缝看到站在外面的人是谁后，使出全身气力要关上门。

但他妈比他反应快，身板又扎实，那扇门还是往内侧倒去。她一看到江寻，第一反应是张开双臂走近，显然是想给久别的儿子一个拥抱。

但江浔抗拒地后退，看向陈筠的双眼里有藏不住的戒备。陈筠不由停在了原地，说实话，这样的江浔让她觉得陌生，她印象里的儿子从来都是懂事的，话少的，乖巧的——有个强势母亲的男孩大抵是这般性格。

"儿子啊，"陈筠好不容易找到江浔，当然有很多话想说，"你都不知道这两个月妈妈有多想你，你看看你都瘦成什么样子了，你都不知道妈妈有多担心。"

江浔沉默，眼神依旧淡漠。陈筠只得开门见山地说了自己的来意："妈妈带你回家。"

她上前，伸手想握江浔的手，但江浔随即就挣开。陈筠急了，急脾气上头，在推搡间抓住他的手，斩钉截铁地说："你今天必须得跟我回家。"

"我不回去！"他克制着情绪，指着门口，"你走吧。"

"你怎么吼妈妈啊，还赶妈妈走？"陈筠觉得自己浑身的血都被那句话冻结了，干巴巴道，"我知道你还因为奶奶的事情怪我们，但江浔呐，你还有我和爸爸啊，我们才是你的家人啊。"

"你别说了！"江浔被那句话彻底刺激到了，"你走不走？你不走，我走！"

他也不去管电脑和画稿，什么都不要了，只想逃离。陈筠在后面追，越追越远，当江浔跑到小区门口，她的声音也渐渐小去。

可还没等江浔松口气，他被一个突然窜出来的人影擒住，双手被反剪到身后，并被拉着后退。江浔没有很疼，但他全部神经都绷着,情绪激烈地大喊大叫,引得路人频频侧目。他正要大喊"救命",那个困住他的人捂住了他的嘴。江浔狗急跳墙,就要咬上去了,他扭头,听到江穆冲他怒吼:"你听话!"

江浔瞪大着眼,突然就安静了。

与此同时陈筠也跑过来了,她从正面抱住江浔,和江穆一起把并未挣扎的江浔推进一辆奔驰 GLK 的后座。经过小半辈子的打拼,江浔父母从一穷二白奋斗到如今的中产水平,从摩托车换到二手桑塔纳最后买奔驰,为的就是给唯一的儿子提供更好的物质生活。可他们牺牲了太多陪伴儿子的时间,尤其是做母亲的陈筠。她想拥抱江浔,江浔却打她的手背,整个人缩到车的一角,恶狠狠地盯着她不让她靠近。陈筠不由捂面,不敢相信又不能理解地问:"你怎么像看敌人一样看妈妈?"

"你以前不这样的……"她喃喃着,"就是搞了那什么动画之后,你才变成——"

"变成什么样?"江浔情绪突然激动,"我做自己想做的事情,犯法了吗?妨碍到别人了吗?"

"怎么跟你妈说话的?!"正在开车的江穆吼他。

江浔一下子就屏气了,这还是他第一次听江穆凶他,说没被吓到是假的,但江浔并不怕,他对父亲说:"我不回去。"

江穆没有回应。他向来寡言少语,从未和江浔促膝长谈。这种父子关系其实很微妙,江穆的存在仿佛一座威严的象征权威的山,可一旦江浔忤逆顶嘴,这座山又不是不可推倒的。

"好好好,我们不回去。"还是陈筠打破僵局,她哄道,"我们先去医院看医生。"

"去什么医院，看什么医生，我又没病？！"江浔一跟陈筠说话，情绪就平复不下来，"我只是辞职，又不是整个人废了，我现在的工作就是做动画啊。我只是想把更多的时间放在喜欢做的事情上，你不同意，我就从你花钱买的公寓搬出来，不碍着你的眼，不花你的钱。我又不是养不活我自己，我读大学那会儿就开始接画稿赚外快，我饿不死的啊！你还要我怎么样？要我不画了跟你回家？你知道这部短片对我来说意味着什么吗？你都不知道它帮了我多少？！"

"医生也能帮你啊，你有什么不开心的不高兴的，你等一会儿和心理医生讲，他给你开药，给你做心理疏导，他也能帮你的。"

"那他能救我的命吗？！"

陈筠张嘴，神情有那么一瞬间是呆滞的，随后她死死抓住江浔的手，恨不得跟他绑到一块儿。

"你太投入那部动画了，妈妈最担心就是这个，你不能这样，"她说，"妈妈就你一个儿子，妈妈不能失去你，我们去看医生。"

"不投入搞什么文艺创作啊，"江浔还是尝试着讲道理，"如果你自己都没为人物哭过笑过，观众凭什么相信你故事里的情感是真实的？"

"可是你太投入了，你看看你现在这样……"陈筠都要哭了，"你变得妈妈都不认识你了……"

江浔放弃同陈筠争辩，他们根本不在一个频道。很快，奔驰车驶入杭市精神卫生中心，陈筠挽着江浔的手臂，就怕江浔跑了。江穆也陪着他们，但依旧沉默。

"妈妈给你挂了特需，马上就轮到你了，你等一下有什么不开心不高兴的，你都可以和医生说。"

江浔也不说话，就是一眨不眨地看陈筠，看得陈筠心里发毛。

"你怎么用这种眼神看妈妈呢，"陈筠好言好语劝道，"妈妈也在改变自己啊，妈妈记得你高三的时候说想看心理医生，可妈妈当时太忙了，说你怎么可能生这种病呢，也没留意你的情绪，妈妈跟你道歉，妈妈现在陪着你来看——"

"我——没——病。"江浔竭力遏制着不让自己音量抬高。

"那就回家。"江穆急声，显得比江浔更想离开。见他是这反应，江浔反而不反驳陈筠了，乖乖地坐着，反正就是不回家。他高三的时候被同学孤立捉弄过一段时间，又临近高考，心态几近崩溃。他想让父母带他去精神科看看是冲着求助去的，可陈筠没当一回事，江穆则根本不能理解这也能是病。现在江浔早已从曾经的怯懦中独自走出来了，但他还是想让父亲好好看看这个等候区，看看这里坐着的人都是由谁陪着。

"轮到我们了。"陈筠抹了把脸，拉着江浔往特需门诊室里走。江浔不情不愿，但没有抗拒。

陈筠一关上门，就跟求菩萨拜佛祖似的对医生说："医生呐，你帮帮我们家。"

她的请求如此迫切，使得原本低头的医生抬起了头，神情在见到他们母子后有些错愕。江浔看到那张脸后也愣住了，他站在门口，上前也不是，转身离开也不是，整个人都跌入陈筠声音汇聚成的漩涡，里面只有一句——"夏医生，求求你救救我们江浔啊。"

"阿姨您先别激动。"夏清泽站起身，抽了两张纸巾递到陈筠手里，扶着她坐到桌子对面，然后扭头看向贴墙站立的江浔，见他姿态抗拒，就没说什么。陈筠一进屋见到夏清泽就有眼泪了，好像心里头也挺委屈。她擤了擤鼻涕，擦干净脸上的泪，也扭头，说："儿子坐过来啊。"

"你别命令我！"

"我只是想让你坐我旁边来，怎么就成命令你了？"陈筠也很绝望。

"您别太激动。"夏清泽坐回就诊台前，安抚陈筠道，"孩子是会有逆反心理的，您逼得越紧，他反而越抗拒和您交流。"

"可他已经不是小孩了啊，他都二十四岁了。"

"您不能光看年龄，有些人六十多岁了还是老顽童一个。"夏清泽说着，接过挂号单和卡在机器上一刷。

"医生，我是上午来挂号的，当时还没接到我儿子，就用他爸爸的身份证挂了一个号，没关系吧？"陈筠商量地问，"你们也是高中的老同学，通融一下行吗？"

江浔听了，当场就要炸了。他和夏清泽能有多少交情，他要是夏清泽，肯定铁面无私，让他出去，请下一个就诊者进来。

他也越来越焦躁，怒意和委屈全都憋着，积到胸口。

"还是坐过来吧。"夏清泽走到他面前，在他耳边低声说，"你也不想一直待在这儿，对吧？"

"你骗人。"江浔抬头，第一次那么直勾勾地看夏清泽，眼里竟然有恨，还有信任被辜负后的失望。

"不是我告诉他们的,我也没想过会在这儿见到你。但是江浔,做父母的很容易关心则乱,你不和他们好好交流,他们就会多想和担心,"夏清泽劝道,"我们一起坐下来,听听你母亲想对你说什么,好吗?"

江浔死死咬着牙关,坐到陈筠旁边后侧身,背对着她。

"你讲讲礼貌啊,"陈筠拍江浔的后背,想让他坐端正,"你别——"

"阿姨,"夏清泽说,"他那么大的人了,您就别管他坐姿了。"

"可他以前真的不是这样的啊,医生,"陈筠一双眼又噙上了泪,"他以前……你也和他做过同学,你知道的,他听话、乖巧懂事,青春叛逆期都没有过,是个特别省心的孩子,可你看他现在……我们也不是不支持他做喜欢的事,可他把自己封闭起来不跟我们联系,全身心都在做动画上,把我们做父母的当洪水猛兽,我们担心啊,我们心疼……"

"心疼?"江浔终于转过身了,似乎是觉得这个词很陌生,"你真的心疼吗?你只是突然发现我偏离你规划好的人生轨道。你发现我有主见,不再受你控制了!"

"你怎么会这么想……"陈筠鸡皮疙瘩都起来了,"妈妈从没想过控制你,妈妈……"她呼吸急促起来,"我会闲着没事去担心别人的日子过成什么样吗?当然不会啊,但你是我儿子啊,我就你这一个儿子,我心疼你,我做的一切都是因为我爱你啊!"

"那我五岁的时候你在哪里?"

一滴泪啪嗒从江浔眼眶中掉落。没有任何指责,他只是很单纯、很单纯地问。

"我十二岁,十七岁,真正需要你心疼的时候,你在哪里?"

房间里突然安静了。母子俩对视,陈筠是招架不住收回视线的那一个。

"阿姨,"夏清泽开口,"要不我和他谈谈,您先出去等等。"

陈筠小幅度地点了好几下头,没说话,捂着嘴出去了。房间里只有江浔和夏清泽,江浔低着头死死盯着地板,视线里出现白大褂的衣摆也没抬起。

"你告诉她我住哪儿了?"江浔凶巴巴地问。

"我没有。"

"肯定你是告诉她我住哪儿的!"江浔的声音近乎咆哮。

夏清泽双手扶着膝盖,微微弯下腰,仰着头看江浔,发自肺腑地柔声说:"我真的没有。"

江浔突然泣不成声,像只无家可归又伤痕累累的小兽。

"她根本不懂,什么都不懂!"他语无伦次地控诉,"她凭什么装得好像很懂我,她明明……明明什么都不知道,什么都不了解。她凭什么用心疼我、为我好的名义剥夺我喜欢的权利……"

他想不通啊,压抑而又歇斯底里:"我、我没病……我就是喜欢做动画,为什么在她眼里,就是有病呢……"

为什么他们做父母的,在孩子偏离所谓的正常人的生活后,宁愿相信他们是病了,也不愿意放手让孩子为自己一搏呢。

他还是坐在椅子上,夏清泽已经站起身,良久,夏清泽轻叹一声,说:"是啊,你们都没病。"

"我没病。"江浔固执地重复。

"对，你没病。"夏清泽肯定。

"那你还信我吗？"夏清泽看着他的眼睛问。

江浔泪眼婆娑地点头。

"那好，我帮你。"夏清泽的目光滑过他哭肿的眼皮。

迷迷糊糊的，江浔再醒来，是在诊室后面的一张小床上。几个小时前他几乎哭昏过去，现在也没缓过神来，呆呆地坐在床上，挂出来的双腿晃动，夏清泽拉开隔帘后差点被踢倒。

"醒啦。"夏清泽双手交叉放在胸前，看着江浔那张脸，嘴角勾着笑。江浔揉揉眼睛，能摸出来其中一只眼睛双眼皮哭没了，肯定很滑稽，夏清泽已经把白大褂换下了，跟他说，"你父母已经走了。"

"……什么？"江浔一脸茫然，往外探了探，果然没有看到他父母的身影。

"他们回去了。"夏清泽说，"你睡过去后，我和阿姨聊了一下你的情况。我说你现在很抗拒和他们交流，与其对你步步紧逼，不如等你想明白了，到时候自然会把想说的话都说出来。"

江浔不是很相信："他们能同意？"

"阿姨确实挺着急，不愿意就这么离开。我就给她看你前段时间给我发的餐食和睡觉时间，让她安个心。而且叔叔挺了解你的，说你挺……钻牛角尖，"夏清泽顿了顿，"反正就是说你倔，还让你妈别再唠叨，这只会让你越来越烦。"

"我爸和我居然是同一战线？"这是江浔没想到的，他拍拍额头，"他们居然还就这么走了！"

"不然呢？"夏清泽笑，"你还想怎么样？"

"我以为是场恶战。"江浔伸了伸脖子，"我还以为再这么针锋相对下去，我得剔骨还父。"

"你以为你是哪吒啊，"夏清泽戳了一下他的额头，严肃道，"江浔，同原生家庭决裂是断尾求生，如果亲情带来的创伤是能弥补的，没有人会选这条路。我这么说你可能不爱听，但我能感受到，阿姨他们确实很爱你。"

江浔不屑："他们真的爱我，就别不支持我做动画啊。"

"他们并不是不支持，"夏清泽说，"只是他们是你亲娘亲爹，心里头排第一位的是你的身体健康。"

"先不讲这些了，"注意到江浔脑袋越来越往旁边撇，不给他看表情，夏清泽把外套给江浔，说，"先去吃饭。"

"啊……不、不用麻烦了。"江浔又想都没想地拒绝，夏清泽也不说话，就是看着江浔，对视几秒后江浔服帖了，乖乖跟着夏清泽离开医院。他原本以为他们会在外面吃，但夏清泽却把车开进了一个沿江的高档小区。

"这是去……"

"去我住的地方。"夏清泽说，"我给你做饭。"

江浔惊得连"不用麻烦"都说不出口了。他们进电梯上了三十层，从这个高度，江浔头一回见到视野这么好的杭市夜景。《居山海》的后半部分需要出现这个场景，他之前还寻思着要不要买票去观光台，现在看到现成又免费的，他额头抵着落地窗，

"哇"了好几声后嘴巴都合不拢。

"那你就在这儿看看风景。"夏清泽找出本没画过的速写本和彩笔递给他，"我去厨房。"

"那怎么好意思，"江浔没接，提议道，"我来帮你做菜吧。"

"你忘了我上次怎么跟你说的，"夏清泽问，"你的手到底是用来干什么的？"

江浔舔了舔唇，手还是背在身后。

"我看到你画画的时候开心，我心情也会好。"他似乎是吃准了江浔在乎他的情绪，故意露出几分公子哥的恣意给江浔看，说，"千金难买本少爷开心。"

江浔最后还是妥协了。夏清泽也没再说什么，转身去了厨房。

江浔开始画画。刚开始是站着，速写本被抵在窗户上，他画了大致的轮廓，然后本子越来越往下挪，他坐在了地板上。之后他一直保持这个姿势，夏清泽把饭菜摆上桌后并没有打扰，只是坐在餐椅上静静地看着他。这个公寓很大，他从回国后就住这儿，近两年的时间里没添别的家具和装饰，他今天带回了一个安安静静的江浔，也做了饭菜，这个空间终于有了那么点生活气息。也不知道看了多久，江浔揉了揉后背和肩膀，终于回头，合上速写本后赤脚跑了过来。

"中餐啊，哇，黄鱼啊——"江浔嘴巴又合不拢了，"我以为你在国外待那么久习惯吃西餐了，你居然会做海鲜，你也太厉害了。"

"我妈妈爱吃，就学着做了。"夏清泽推给他一碗饭，像给他分发任务指标。

成为了光 ✦

"哦。"江浔乖乖地夹菜扒饭，吃了两口后，问，"我以为你会和你家里人一起住。"

夏清泽筷子没停，只是摇了一下头："我父亲很忙，母亲回国后加入一个民营现代舞蹈团，现在人在北市。"

"那……"江浔想了想，"你上次和我说，你还有个姐姐，她也不和你一起住吗？"

"她不在了。"

"什么？"江浔没听懂，"什么意思啊？"

"就是不在了。"夏清泽只能说得明明白白，"意思是，她去世了。"

江浔抿着唇，用力得鼻孔都变形了。他是无心的，可刚才的追问实在太不中听了，简直讨打。夏清泽也把拿碗的手放下，看着后悔到五官变形的江浔，认真地问："觉得自己说错话了？"

江浔头点得像小鸡啄米，满脸都写着：夏少爷你快给我个改过自新的机会。

"那就这样吧。"夏清泽夹了一筷子黄鱼肚子上的肉，把机会推到他面前，"你接下来啊，就给我少说话，使劲吃菜。"

江浔都不记得自己上一次吃这么饱是什么时候了，一直往嘴里塞菜。其间徐则进给他打了个电话，问他和陈筠怎么样了。他让江浔别怪他，实在是上次进医院把他给吓到了，陈筠后来又给他打电话询问近况，他犹豫着，还是被套出话来了。

江浔嘴上说着没关系，但电话挂断后，他生自己闷气，吃得更多了。吃完后他打着嗝帮夏清泽把碗筷都收到水槽里，但夏清泽没让他洗，说："别碰冷水，好好养着。"

江浔于是继续去上色。夏清泽收拾完后坐他边上，他也画得差不多了。那是幅从落地窗内往外窥探的夜景图，玻璃窗外高楼大厦林立，车水马龙，连穿城的江水都染上现代文明的光点，但江浔用的颜色和实景截然不同，在他笔下，楼是绿的，江水是红的，蚂蚁大小的车辆是紫的，与之相比，落地窗内的灯的黄色还算正常，但那光打下去，站在窗内看景的人是黑的。

夏清泽指着那个黑影，问："他是谁？"

"小树啊。"江浔画的其实是《居山海》的一个分镜头，"后半部分的大致剧情是，小树成了青年才俊，白领精英，但他在城市高楼里待得越久，看到的风景就越不真实和压抑，他就想找回曾经在山海间的自在，再次回到了故乡。"

"回去找小海？"

"是啊，小海继承父业出海捕鱼，然后他们一起玩玩玩吃吃吃，最后一幕是他们二十六七岁了，开着船出海，跟十六七岁那年一样，这个故事就结束了。"

夏清泽若有所思地点头，又问："那这个故事主题是什么？"

"主题就是……"如果不是面对夏清泽，江浔可能还真讲不出口。他给夏清泽看1998年版新华字典的《常用标点符号用法简表》，里面有一句话是——张华考上了北京大学；李萍进了中等技术学校；我在百货公司当售货员：我们都有光明的前途。

"我依旧相信这个社会上所有人的未来都是光明的，我相信不管一个人的社会分工是什么，人本身都是平等的，至少在大自然面前，张华、李萍、我是平等的，小树和小海也是平等的。"

"那他们都有什么台词？"夏清泽问。

"没有台词。"江浔笃定地说，"但会考虑配音乐。"

"为什么？"夏清泽想了想，"你想让观众自己体会？"

"不是，"江浔摇了下头，"我没钱请声优。"

夏清泽："……"

夏清泽看着江浔眼眸光亮，心中也跟着亮敞起来。他问："那我们过几天一起回山海市吧。"

"……欸？"江浔觉得这个提议很突然。

"做咨询室的房子找好了，原本是个海边靠山的民宿，房间不少，你住那儿，总比地下室舒服方便。"夏清泽道，"今天其实是我最后一天上门诊，结果碰到你妈妈挂我的号。"

"那我……恭喜你啊。"江浔挠了挠头，"我还是住原来的地方好了，怎么好意思跟你——"

"江浔，"夏清泽双手垂在盘坐的腿间，他看着窗外，缓缓地说，"你别总是拒绝，你好好想想。"

江浔抿嘴，也看向窗外。很少有人会在听到他下意识的拒绝后再问一遍他真的考虑好了吗，哪怕是他的父母都鲜少有这份耐心。

但夏清泽有。不仅如此，他还很会照顾人，住那么大一个公寓，都还会自己烧饭。江浔在杭市也有个小公寓，就在大学边上。很多个晚上江浔睡不着，站在阳台吹风看只有红绿灯闪烁而没有车辆的小道，都会觉得自己一个人好孤单。于是他好想换个大房子，可他今天来夏清泽的住处了，才发现大房子会更冷，地暖和热风空调都驱不走独处的寒意。

而这么大的房子里，从以前到现在都只有夏清泽一个人。他坐在巨大的落地窗前，突然就跟那个梦中的竹雪夜重合了。

"我有时候会梦到你。"

江浔一愣，看向夏清泽，夏清泽的目光依旧落在窗外，继续喃喃道："上个月开始吧，我会模模糊糊梦到高中的一些日子，比如高二那年暑假，我们都在普济寺。"他笑，眉目也舒展开，"我梦到我先找你说话，然后一切就都不一样了。"

"……哪里不一样？"江浔问，又忐忑，又期待。

"我们也许十六七岁的时候就是朋友。"夏清泽抬头看着窗前的灯，回忆道，"我在那个年纪，好像很希望能和你认识，但你又一直躲着我，我以为你并不愿意和我有接触……"

"怎么可能！"江浔反驳，"你是夏清泽啊！你都不知道有多少人想和你交朋友，多少人想……"

"那你呢？"夏清泽扭头看向江浔，单纯地问，"你想吗？"

"想啊，我当然也想有一个那么优秀的……"江浔含糊着，低了低眼，"朋友。"

"这就对了！"夏清泽知道江浔被说服了。像个哥们儿一样拉过江浔，在灯火通明江水潋滟的高楼间，他们的身影那么渺小，但他们不再是一个人。

这让江浔很恍惚，他坐着夏清泽的车回租住的小区，下车后往大门走了两步，又毫无征兆地转身回来，敲了敲驾驶室的窗。夏清泽把窗户摇下，车内的暖气散出来，烘着江浔的一颗心。

"你……"他喉结动了动，问，"你为什么帮我这么多啊？"

"因为我们是朋友啊。"夏清泽理所应当道。可江浔心里跟明镜似的，他知道哪怕是朋友，也没必要仗义成这样。

"可是我……"他小声道，"我什么都没有，没什么可以报答你的。"

"你觉得我交朋友需要计较利弊得失吗？"

夏清泽温和的音色掩盖了这个问题本身的尖锐，江浔没觉得紧张，很客观地摇头。

"所以我不图你什么。"夏清泽轻松道。

江浔迟疑地点点头，出神地想，他就当月亮下凡做善事刚好选中了他。他恍恍然听到月亮说："你会让我想到我姐姐。"

江浔眨了眨眼。

"很多父母把孩子当作延续，希望他们完成自己未实现的梦想，我母亲也会这样。她在回归家庭前是有名的芭蕾舞演员，有了我姐姐后也让她从小跳芭蕾，在学校里老师教她，回到家后，我母亲就陪她复习一整天的功课，规划赛事日程。我姐姐和牧云依就是在各种赛事上认识的。但突然有一天，我姐姐和我说，她其实不喜欢芭蕾，她另有所爱。我父母当然不同意，尤其是我母亲，觉得我姐姐晚来叛逆，宁愿相信她是得了病，把她送进治疗双相情感障碍的疗养院，也不肯放手让她去做真正喜欢的事。"

"但我知道她没病，我见过她做喜欢的事情时的眼神，那才是真的活着。"夏清泽把车窗全部摇下来，双手手臂叠在窗沿，下巴抵在手背上，抬起的眼眸里隐隐映着江浔的身影，"我不希望你也被误解。"

"那……"江浔鼓起勇气问,"你姐姐最喜欢的是什么?"

"想知道?"夏清泽的语气轻佻起来了,说,"那你快点收拾收拾东西跟我回山海市,等我哪天心情好了告诉你。"

江浔点点头。夏清泽说:"我希望你能顺顺利利把《居山海》做出来。"

"我希望你健健康康地把成品给父母看,"他期待地说,"他们一定会懂的。"

"……好!"江浔握拳,斗志昂扬,"我今年一定能做出来!"

V

你专注画画的时候会发光
真可惜你自己看不见

One crowded hour of glorious life,
Is worth an age without a name

第二天下午，夏清泽开车来接江浔，载着他和一车厢的手稿从杭市赶到山海市的塘镇。

山海市"七山一水二分田"，剩下的九十分都是海，所以本地人要么经商，要么靠山吃山靠海吃海。

东海海滨多污泥，海水浑浊，不像其他海域有碧海蓝天，但自从千禧年的第一缕曙光照在了山海市的塘镇，这个地方也被开发成了旅游景区。海水颜色是改变不了了，但金沙滩可以人造，海滨可以修路。

越靠近海滨，四季常青错落有致的山脉也越来越多，再加上坐落其中用大块石头垒筑的房子，塘镇"屋咬山，山抱海"的独特风光由此得名。塘镇的民宿也大多依山傍海而建，不管内部设施多么现代化，外墙一定要用石头，同一路走来的石街石巷相得益彰。

夏清泽转手得来的民宿也是这般风格，他给民宿改名"晚杯"，是从"晚来天欲雪，能饮一杯无"里截出来的。这种将旅游住宿和心理咨询相结合的概念很新，全国没几个人在做，但夏清泽资金充沛也有人脉，请一两个业内权威的咨询师过来不是问题。

他在山海市的市中心有更专业更传统的咨询室，在杭市也还有些公事要处理，所以给江浔安排了个朝南靠海的房间后就又开车回去了，也没说什么时候会回来。

　　江浔就这么过上了一日三餐有人按铃安排的酒店式生活，每天还是和以前一样，除了吃饭睡觉就是画画，但生活质量显著提高。

　　有时候他也会拿着画本和笔，去岛上、海边还有不远的箬村转转。

　　江浔听民宿前台说箬村村民前不久将自家的房子都刷上暖色调油漆后还特嗤之以鼻，觉得他们是在模仿跟风，但去了之后江浔就"真香"了，还给《居山海》加了新情节，小海一定要带着小树在五六色的宽窄街道里穿梭奔跑，头顶是蓝天，脚边有拍打上岸的海水。

　　他边走边采风，几天下来画了好些箬村的楼房店铺，其中有一家二手店，里面什么稀奇古怪的东西都有。江浔去过好几次，只看只画，就是不买，搞得老板娘都认识他了，但从没赶过他。

　　有一天江浔又路过这家店，但没进去，只是蹲在店门口，将稿纸画笔放下，捣鼓起老板娘堆在门口的破铜烂铁，好久都没起身。

　　这就是夏清泽远远看到的。他刚从杭市回来，没在民宿里看到江浔，前台也说不知道，就从他的画稿里推测出是去了箬村。

　　他沿着被涂成彩虹色的石阶一路走去，站在桥上，看到了姿势改蹲为坐神情专注的江浔。他便没叫喊，安安静静地走近站在边上。

江浔终于注意到他了,吃力地仰头,愣了一下没起身,而是吐着舌头笑,眼睛弯起来灵动极了。夏清泽见他这么开心,眉间车途劳顿后的疲惫也随海风消散开。他顾不得地上脏,蹲下身,手一撑坐到了江浔身旁。

那海风还在轻轻地吹,一页一页地吹开江浔手边的画册,他笔下的两个少年坐在山顶,在海边,在河沿,肩膀越靠越近,最后在七彩的楼宇中并肩。

江浔双手放在一台老旧电视机的外壳上,诚心诚意地发问:"你知道这是什么吗?"

夏清泽被这个问题疑惑到了,想了两三秒,不是很确定地说:"老式显像管电视机?"

"要再具体点,"江浔乐乐呵呵地,"是带天线的老式显像管电视机。"

夏清泽:"……"

"我还以为你没见过这种电视机欸,我小时候跟奶奶住乡下,看的就是这种电视机。"江浔说着,手摸上电视机的天线,还是笑,"我们家在村子最后一排,后面都是田,信号就挺不稳定的。我每次看电视都提心吊胆,就怕看着看着就变成雪花屏了,我又得调天线把画面再调出来。我们家能收到的台很少,除了中央台就两个台,一个天天播什么时候停电停水早做准备,另一个是点播台。"

江浔把天线竖起来,有些雀跃,问:"你小时候看点播台吗?"

"就是放迪迦奥特曼的那个,"江浔继续道,"它把一集分成四个部分，我每天都在电视机前等它放最后一集最后一部分，但它就是不放，急得我都想自己打电话过去点播了。但点播费好贵，我就只能守着点播台，就等着有和我一样喜欢看迪迦的人，点播那最后一部分，看迪迦是怎么打败加坦杰厄的。"

夏清泽有些惊讶："你连怪兽名字都知道？"

"对啊，"江浔拍了拍胸脯，神气道，"我五六岁那会儿唯一的娱乐活动就是看点播台，52集的剧情倒背如流，你随便问！"

夏清泽笑，摇了摇头："我一集都没看过。"

"不可能吧，"换江浔诧异了，"那你小时候都干什么？"

"五六岁吗……"夏清泽想了想，"已经开始学小提琴了，跟外教学英语，还有马术。"

江浔感受到了无形的阶级差距。要放在以前，他肯定尴尬一笑结束这个话题，但他现在胆子大着呢，都会拍拍夏清泽的肩膀，开玩笑地说童年里没奥特曼简直是不完整的。

这时候老板娘刚好出来，听他们两个成年人在聊奥特曼，马上就乐了，招呼他们进来，说前几天收了好多奥特曼的旧碟片，问他们感不感兴趣。江浔听了，连忙站起来，可转念一想，现在谁还用DVD，碟片买来也没地方可以播。

"民宿大厅有个DVD，可以在那里放。"夏清泽也站起身。

"可是这些完全可以在网络电视上免费看欸。"

"小时候哪有网络电视啊，你刚才不是替我遗憾吗，不如买些碟片帮我补补童年。"夏清泽推着江浔进屋，站在货架前挑。这年头确实没人会要碟片了，老板娘就给了他们一个打包价，让他们把迪迦奥特曼相关的碟片都带走。

回民宿后，夏清泽给 DVD 接上电，和显示屏再连接，还真能用。他问江浔从哪一集开始看，江浔血正热着呢，把最后一集《致以辉煌的人》插入 DVD。

"前情提要是，迪迦奥特曼被加坦杰厄，对，就是这个大海螺，给打败了，"江浔迅速给夏清泽科普，"迪迦变回了石像沉入海底，他的人类体大古也被困在玻璃柜里没办法变身，这最后一集讲的就是人们如何帮助大古重新变成迪迦，打倒大海螺。"

夏清泽听明白了，很正常地坐在沙发上观看。江浔脱了拖鞋，双手抱住膝盖，跟看大制作科幻片一样兴致勃勃。

奥特曼确实是一代人的回忆，两个和江浔年纪差不多的房客刚好回来，嘴上说着"这个年纪了还看奥特曼啊"，身子很诚实地也坐到旁侧的沙发，跟他们一起看。

二十分钟的进度条很快到了四分之三的地方，大海螺醒了，破坏了光传输系统，使得官方的奥特曼唤醒行动失败，原本高昂的背景音乐也戛然而止。

江浔跪坐在沙发上，跟夏清泽控诉："以前的点播台就是这么坏，永远停留在这一幕，我在小学有电脑课之前都琢磨不透石像迪迦到底是怎么被唤醒的！"

"是被我们唤醒的。"发言的是坐在旁边的年轻房客。他话音刚落，镜头里的小朋友们纷纷站起身喊迪迦的名字，有光从他们胸膛里生成。同时，《永远的奥特曼》响起，那一道道光随着歌声往深海飘去，汇聚成光桥，那些纯真善良的孩子给予奥特曼光芒和力量。

"是啊，那一年我也变成了光！"江浔也如是发言。夏清泽稍稍侧头，总觉得现场如果只有江浔一个人，他能激动到上蹿下跳。江浔开始哼那首歌，起先声音很轻，但那两位房客比他放得开，第一遍副歌的地方直接含糊地唱出来了。

间奏过后，复活的迪迦开始打大海螺了，夏清泽也听到江浔跟着轻唱："我们一起追寻，前途弥漫荆棘和险峻，心中呐喊无边天际，放射光芒——"

迪迦最后使大招了，江浔伸出两根食指交叉在胸前，跟着做放射光波的动作，好像他真的在那片光里，光波发射后他再次唱，比之前的都大声——You are always my hero.

"名场面，真的是童年名场面。"大战结束后，那两位房客马上从沉浸的状态里抽出来了，跟还坐着的他俩打了个招呼就离开了。

江浔则明显意犹未尽，他看着迪迦奥特曼变成光随风而去，怅然若失道："小时候说到底还是买不起碟片，只能眼巴巴看点播台。我记得……我那时候还画过好多版本迪迦该如何复活。嗯……想起来了，我以为大古是缺变身器，还设计了好几款棒槌，我就是那时候开始画画的，天天看点播台，天天乱涂乱画后面可能的剧情……"

他不好意思地笑，问夏清泽："我话是不是特别多，你有没有觉得我太吵了？"

"不会啊。"夏清泽毕竟是个成年人，对奥特曼也没情怀，但他很喜欢看到江浔讲迪迦时那双亮晶晶的眼，把放在茶几上的碟片都拆开，说，"谢谢江浔帮我补课。"

他们于是继续看，基本上都是江浔讲，夏清泽默默地听。江浔说，他小时候看迪迦，和长大以后看，那感觉是完全不一样的。小时候更多是觉得奥特曼好酷，打斗好热血，看完也想变成光去拯救世界，长大以后再看，他发现了很多以前没注意到的人文关怀和画面美学，比如樱花下的打斗、克苏鲁元素、环境保护、人与自然的关系、心中的善念和对正义的坚守汇聚成光……

他也和夏清泽说，比起其他国内外的经典动画，迪迦奥特曼更像是他的启蒙之作。他一直以来想做的也是这样的作品，老少皆宜，什么年纪看都能从中有所收获。

他们看了太多集，窗外天色渐暗，离饭点也只有个把钟头。夏清泽让江浔把尺八带上，开车载他同去塘镇街道上的一家老字号海鲜餐厅，他们订的包厢里空无一人。

"我们要等客人吗？"江浔问。

"嗯，你在这儿等着，我去接人，很快回来。"夏清泽说着就往门外走，开车去动车站了。二十多分钟后再回来，他掀开帘子后微微弯腰，请身后的一位老人先进来。

"这位是藤原先生，日本的尺八老师。先生这些天在台市的音乐学院开尺八科普讲座，我很荣幸能请到您来塘镇住上一天。"入座后，夏清泽用英语同江浔介绍，也表达了对藤原对谢意。有夏清泽在中间，藤原先生不用因为在异国他乡听不懂他们的中文私语而尴尬，江浔也不用怕自己口音不纯正而怯场。

"这位是江浔,我的一位朋友。"夏清泽再次介绍道,"他前些天得了一支尺八,正处在初学阶段。"他补充:"我这位朋友对尺八很感兴趣。"

江浔恭恭敬敬地把那支尺八拿出来,双手握着递给藤原先生。藤原先生仔仔细细地端详起来,江浔用手肘碰了碰夏清泽,略带假笑地用中文轻声问:"我什么时候对尺八感兴趣了啊?"

"你不是想给《居山海》配背景音乐吗?"夏清泽声音也很轻,"你要是会了尺八,就可以自己包办了啊。"

江浔恍然大悟,假笑瞬间变真笑。一顿饭下来,夏清泽话越来越少,江浔和藤原先生则越来越投机,话题从尺八如何传入日本到新海诚、宫崎骏,应有尽有。

藤原先生那天晚上住在晚杯,他教已经能吹出声的江浔如何调整角度,让吹出来的音色更准确,也教他识尺八的谱子,并诚心地建议,如果想更上一层楼,还是要看假名谱,而不是转换过来的五线谱和简谱。

江浔虚心受教,藤原先生第二天就要离开,他也坐夏清泽的车一起去送老人家。进站前,藤原感慨中国之美,他第一次来,就已经被深深吸引。

随后夏清泽开车回民宿,江浔坐在副驾驶座,爱不释手地一直吹。经过藤原的一番指导,他吹尺八时的沙声和气音大大减少。他把孔全摁住,吹出来的是苍凉辽阔的海浪;他把孔全放开,吹出来的是空灵静谧的竹涛。

"真好玩!"江浔开心啊,他现在的热度不是三分钟的,起码是三天。夏清泽还从没见过江浔对纸笔以外的物件展露这么明显的喜爱，打趣地问："不画画了？"

"先停一停。"说到这个，江浔还挺泄气的，侧身看向正在开车的夏清泽，"我跟你说啊，我现在画到他们去看萤火虫，可我自己都八百年没看过萤火虫了，怎么画都觉得缺了点什么。我看了快半个月的萤火虫森林公园的 vlog 和萤火虫解剖图，还是没感觉。"他正说着，夏清泽的车开过一个农家乐，门口的条幅和招牌上挂了好几张加了明显滤镜的萤火虫光海。

夏清泽问："那你要不要去这里面看看。"

江浔摇了摇头："我问过农家乐老板了，他说他们今年也是第一次搞这个项目，引进的萤火虫都是冬天成卵，七月成蛾的，我想看得等到夏天。"他握着尺八，乐观道，"算了算了，我先把那几个镜头跳过去做别的好了……"

之后的几天，江浔又过回了三点一线的生活，唯一的变化是晚上会在阳台吹吹尺八。夏清泽在山海市区有更传统的心理咨询机构，回来后也要忙那边的业务，又过了两三天后才在傍晚时分背了个双肩包回晚杯。

他去敲江浔的门，开门后江浔激动地拉着夏清泽进屋，供神仙似的让他坐在书桌前，献宝一样地按了播放键，给夏清泽看《居山海》的前三分之一。

正如江浔所说，他没钱请声优，插曲什么的也没定数，所以那三分钟看起来就是默片。

前十几秒都是景，是真实到不像动画但又确实是手绘的山川河海。

生长于这片山海间的主人公小海坐着爸爸送鱼的五菱货车入学，他从车里跳下来的时候，货车车厢里的鱼也跟着跳。

　　他背着书包高高兴兴地进了一年级（1）班，他笑容灿烂地想加入警察抓小偷的游戏，他的同学们却都避着他。

　　他只能在热闹的课间独自坐在空荡的教室里，光线从窗外打进来，他抬起手臂，好像能嗅到衣服上的鱼腥味。短短几日他就变得沉默寡言，再没有刚入学时的欣喜，爸爸开着货车到校门口接他回家，他坐在车里等去小卖部买烟的爸爸，看到远处走来穿着同款校服的同学后不敢打招呼，眼眸一颤拉直座椅靠背躺平，微张着嘴呆呆地盯着车顶，被太阳光照射得一半亮一半暗的身子一动不动，生怕被别人发现自己在一辆送海鲜的破旧货车里。

　　那个画面静止了五六秒，在没有声音的情况下显得尤为漫长。夏清泽也被某种自己从未有过的微妙的自卑触动，他扭头看向站在旁边的江浔，江浔的眼眸也颤动着，但眼里是有笑意的。

　　"你继续看呀。"江浔轻声说。

　　于是夏清泽扭头，画面里那个双手抓住窗沿、踮着脚往车里看的男孩挡住了小海的光源。

　　沉默的对视中，那个男孩把下巴也搁在了窗沿上，他背着光，眼神里有好奇、询问，甚至还有对小海为什么要躺平的疑惑，唯独没有取笑。

　　一丝一毫都没有。

　　小海的眼眸定住了，当那个男孩友好地朝他伸出手，他也笑着握住。之后的近一分钟，画面转得很快，镜头也碎。就像那本被海风吹翻的图册，他们一起去了很多地方，看凌晨的日出，看清早山间爬动的云卷云舒，听上午的鸡鸣鸭叫，看午时抬头的向日葵……他们的友谊随着时间的推移和四季交替越来越深厚，他们也从晓初时的男孩成长为星空下的少年。

"怎么样？"等进度条空了，江浔忍不住问。

"画面很美，"夏清泽顿了顿，"情感很纯。"

"要的就是这个效果。"江浔一拍大腿，可激动了，"你都说好，我就放心了。"

夏清泽笑，想了那么几秒，问："那你有没有想过把这个故事做成长篇？"

"不行。"江浔坚决地摇头，"这个故事的体量就是十分钟足矣。"

"但如果是长篇，就能上院线。这个故事值得被更多人看到。"夏清泽思维特别快，都开始想立项和宣发了。他完全有这个能力，但江浔还是摇头。

"以后有机会做长篇动画的导演，我当然也尽心尽力不敷衍。但这个故事就是十分钟的，它要是变成九十分钟那就得注水，谁来注水？只能是我，"江浔指着自己心口，说，"我不会允许自己对作品这么不负责。"

夏清泽懂了，没再劝，沉默了几秒钟后问："那这个短片算完成一半了？"

"勉强算吧，"江浔挠挠头发，"我也希望能在八月前完成，顺利的话能赶上今年青年电影节，他们有个最佳动画短片奖。"

江浔祈祷道："希望农家乐的萤火虫也给力点，快点从蛹里钻出来，夏天也快点来呀。"

"不需要等到夏天。"夏清泽说。

"什么？"江浔没懂，低了低头，看到了夏清泽带来的那个被小心翼翼放在脚边的双肩包，好像里面有珍贵的生命。

房间里突然一片寂静，但又有什么东西汹涌得像《居山海》里的快镜头。

"……不可能吧？"江浔心跳也渐渐加速。

夏清泽笑。他是不指望惊到合不上嘴的江浔去拉窗帘了，起身将灯都关上，开了手机的闪光灯，跟江浔面对面而坐。

他把书包放到江浔腿上，问："准备好了吗？"

江浔笑着，鼻子都酸了，还是很讶异："怎么可能啊……"

"萤火虫有两千多种，自然会有冬天成虫的，比如西双版纳的神木萤，"夏清泽将江浔的手放到拉链上，故作严肃，"先说好，就几只，你要是觉得不够看想要萤火虫海……那你得再给我时间。"

"够够够……"江浔笑得脸都要僵了。深深吸了一口气后，他缓缓拉开拉链，那里面果真有十几只萤火虫，尾部散发着微弱的光，隐隐照亮书包内侧。

他的笑慢慢收起。他抬头看夏清泽，眼眶不受控制地湿润起来。夏清泽还是笑，帮他把躺在书包底部的东西拿出来。

那是个1997年产的万代系列的软胶玩具，夏清泽托住迪迦玩偶，将它的正面朝向强忍着眼泪的江浔。

"你看，"他戳了戳迪迦胸前的指示器，蓝的，"这个迪迦的指示器永远不会灭。"

他把迪迦交到江浔的手心："这个迪迦永远守护你。"

那天带着萤火虫回晚杯后，除了偶尔需要回山海市市中心，夏清泽都住在民宿。他的房间就在江浔隔壁，他们会一起早起，在晨光熹微中绕着海滨绿道走一圈，再回来吃早饭，开始一天的工作。江浔会在自己的房间画画，夏清泽作为咨询机构的老板，如果没给自己安排来访者，会坐在大厅旁侧的开放式书房看书。

他还是和高中的时候一样，什么书都看，但因为最近在写学术论文，心理学相关的文献堆得比较多。这让江浔想到了以前，他记得有一次晚自修，英语老师拿起夏清泽桌上那本《Mindfulness-based Cognitive Therapy for Depression》，有些担忧地问他为什么看抑郁症相关的书，夏清泽只是很轻描淡写地说，增加词汇量。老师也不好再说什么，反正夏清泽成绩好、相貌好、家世好，是长辈眼里最不可能抑郁的"别人家的小孩"。

江浔也很难把抑郁症同夏清泽挂上钩，而且从蛛丝马迹中推测，就算真的有人生病，那最有可能的也是承受丧女之痛的蒋灵。

几次散步中的交谈也证实了江浔的猜想，夏清泽并不排斥这个话题，但讲得很少，只说大他三岁的姐姐投海自杀后，他母亲一直无法从悲痛中自拔，饱受创伤后应激反应的折磨。

她花了太多精力在大女儿身上，甚至都忽略了儿子，到头来却白发人送黑发人。后来蒋灵把夏樱的死全怪在自己身上，觉得是她过多的期待和规划把女儿逼上绝路的，从此她对夏清泽再无过多干涉，就怕重蹈覆辙。

可夏清泽怎么忍心看着亲生母亲一直痛苦呢，在母亲又一次陷入重度抑郁并出现自杀倾向后，夏清泽陪她出国去了瑞士，彻底远离山海市这片伤心地，直到去年夏清泽学业完成后才回来。

"为什么去瑞士啊？"江浔想了想，问，"瑞士不是也有很多山吗？"

"但瑞士是四面环山，没有海。"夏清泽答。

"那……"江浔想到梦里夏清泽同方丈的对话，他听得云里雾里，但一直记得，总觉得跟夏樱有关，便小心地问，"你姐姐，究竟是怎么……走的啊？"

"都过去了。"夏清泽并不想说，给了江浔一个不用担心的笑，"我母亲也往前看了。"

"往前看"对痛失所爱之人而言，难度远远大过于随那个人而去。

江浔再疑惑，也识趣地不再重提那沉重的往事。他问夏清泽如果再选一次，还会不会从事这个行业，夏清泽摇了摇头，说他不像江浔，从小到大也没什么喜欢到可以不顾一切的东西，人生规划里兴趣爱好起的作用几乎没有。他现在做心理咨询相关的工作，能尽自己所能帮助到那些需要帮助的人，这样的生活反而是他所有设想里最好的。

"所以我挺羡慕你的。"他们正坐在人造的金沙滩上看退潮，夏清泽远眺海风吹来的方向，对江浔说，"你专注画画的时候会发光，真可惜你自己看不见。"

江浔被他说得都不好意思了，暗暗在心里盘算，等《居山海》

做完了，他一定要搞个大大的字幕，特别感谢里只有夏清泽一个，下面再跟着一行小字——感谢夏少爷包吃包住提供稳定创作的好环境。

他已经在这儿住了快一个月，不会再像刚来的时候那样难为情，总觉得自己白吃白住。

眼下很快就是春节，陈筠隔个三两天就给他打电话，小心试探地问他除夕夜想吃什么菜，他都不太乐意回答，比起回家更想留在这儿，这儿什么都有，什么都好。夏清泽对他没任何要求，还会三天两头地提醒他别在晚上涨潮的时候去海边。

可这么舒服的日子也不是天天都能过的，除夕夜前的那个周末，江浔和夏清泽一起去参加高中同学聚会。

通常来说，高中同学聚会大多放在年后，但今年有两个女同学因为订婚结婚，蜜月安排在春节假期，如果放在年后聚，来的人就没那么全。这又是高中毕业五年后的相聚，所有人都在事业刚刚开始或研究生在读的年纪，肯定也都想看看同窗们混得如何。

夏清泽很早就被通知，高中的时候杨骋跟他的关系就不错，这次更是提前打了好几个电话，就怕他不来。江浔则完全是在高中群里看到@全体人员的消息后才知道这事的，也没人特意通知他。

他原本并不想去，可夏清泽问他原因，他不想提高三被孤立的那档子事，就只能不是很情愿地一起去了。

他和夏清泽是一起进包厢的，也坐在隔壁的位置，可所有人的注意力都放在只同窗了一年的夏清泽身上，或旁敲侧击或明目张胆地问他近况如何。夏清泽也没高中时那么冷淡,心态平和,谁给他敬茶酒,他第一杯都会接。

江浔默默地坐在离他最近的地方,却成了最被忽视的那一个。他其实也不希望有人注意到他,低头吃菜一言不发,光听大家伙说自己的故事。

他们班当年有五个同学考入国内数一数二的大学,其中三个留在了北市发展,另外两个读硕士搞科研,这次聚餐都没来。班里的同学基本上个个都考进了不错的大学,江浔这个例外像是大大地拖了班级的后腿,巴不得大伙儿别留意他。

可怕什么来什么,江浔正用筷子戳醋碟呢,一个声音问:"江浔在哪里发展啊?"

江浔握着筷子,抬头看向发问的孟盼兮,不知道该怎么回答。孟盼兮是以前的文娱兼宣传委员,和江浔一起出过好几期黑板报,是这个班里少数算得上江浔朋友的人。

她问得很真诚,只是单纯地想知道,但随即开口的赵阳明显来者不善,问:"是啊,这顿饭都要吃完了,我们还不知道江浔在哪里高就呢。"

他这一阴阳怪气,所有人也都安静了,全都看向江浔,也开始回忆江浔这个人。

江浔在原高一的班级也内敛话少,但还是有能一起吃饭回寝室的朋友。可尖子班的压力实在太大,江浔的学习节奏一直不对,排名全靠题海战术撑着,最后在赵阳和杨骋恶作剧般的单方面孤立下心态彻底崩了。

但他太沉默了,班里同学没几个跟他熟的,都不知道发生了什么，只注意到他的排名突然下降。当时孟盼兮有去安慰过他，可江浔就是什么都不说，一个劲地闷声刷题。

"欸，我记得当年班里最能刷题的是江浔吧，"杨骋也回想起什么了，"我和他同一个寝室，半夜起来上个厕所，他床头的小台灯还亮着呢，我只能好心提醒他，让他别这么拼。"

杨骋说得还挺轻描淡写，江浔扯着嘴角尬笑，总不能撕破脸皮，说杨骋当初是一杯水浇在他床铺上硬要他关灯的。而在班级里，物理课代表赵阳明明知道他怕孟嘉腊，还故意不收他的物理作业，硬要他自己去敲办公室的门。

他到现在都没明白，这俩人为什么在高三突然整他。

好在这种捉弄只持续了一个星期。有一次杨骋玩大了，在江浔的冰红茶里灌不明液体，江浔差点和他打起来，他们发现江浔原来也是有脾气的，也就偃旗息鼓了。

虽然现在他们人模狗样的，但心底里还是瞧不上江浔，话说得自然刻薄。

"说说呗，江浔。"杨骋逼着问。

江浔放下筷子，低头，双手死死抓着大腿，抓到痛感蔓延到腿根，他抬起头。

江浔说："我在做一部动画短片。"

"动画片？"

"对。"江浔的嘴角很轻地抖。

杨骋嗤笑，歪头："小孩子才看动画片。"

"你这话说得就不严谨了，"说话的是另一个学霸，叫祝良，"《火影忍者》我从小学追到大学，现在都还在看，刷题时背景音乐首选《青鸟》。"他看向江浔,眼神里有好奇:"你做什么动画啊?"

江浔喉结动了动。这个话题得展开说才能道明白,但他面对这么多熟悉的陌生人,表达能力直线下降,能说出话来就不错了。

"就是动画片。"江浔的声音有些断和卡。

赵阳也笑:"说了跟没说一样。"

他话里的嘲讽已经很明显了,听得孟盼兮皱起眉头,觉得赵阳过分了,可又没什么立场指出来。

所有人也都陷入短暂的沉默,赵阳刚想一笑了之打破这尴尬,夏清泽说:"是啊,就是动画片。"

话音刚落,所有人齐刷刷地看向夏清泽,包括江浔。他们的距离最近,他看到夏清泽从容不迫地再次开口:"如果顺利的话,下半年还能参加国际青年电影节。"

"……真的吗?"孟盼兮小幅度地鼓掌。

"当然是真的。"夏清泽说着,极其自然地勾过江浔的肩膀,温和的双眼扫了在场所有人一圈,最后落在杨骋身上时却尤为冷淡。

他礼貌地在眨眼的同时转移视线,再睁开,赵阳架不住那挪到自己身上的眼神,心虚地看向别处。

"就算能参加电影节……"杨骋还要说,"也不一定就能拿奖吧。"

"那是因为你没看过他的作品,你看过就不会这么说了。"夏清泽放在江浔肩头的手紧了紧,"有一天你们会在颁奖台上看到江浔，他的作品和名字会刻在最佳动画短片导演的奖杯上。"

"他会比你们中间的任何人都有名，"他握着江浔肩头的手紧了紧，"这一天绝不会很远。"

"菠菜明目。"见江浔托着下巴神游，上的几个新菜都没碰，夏清泽就给他夹了一筷子素菜。

江浔回过神来，眨眨眼，夏清泽又说等会儿水果里有蓝莓，也是对眼睛好的，让他记得多吃点。

"我出去抽根烟。"夏清泽拉开椅子去外面的抽烟室。江浔低着头，看着旁边空空的位置，静坐几秒后掏出了手机，在搜索引擎里输入"xqz"，输入法里第一个出现的就是"夏清泽"。

江浔抿嘴，他觉得自己真搞笑，都二十四岁了还会干搜人名字这种事。

他高中的时候也会这样，现实生活里的夏清泽可望而不可及，他就见不得光似的在别的地方寻找他。这个名字会出现在初高中组省物理竞赛的获奖名单上，也会出现在八年前名牌大学夏令营和 xx 计划的初试录取名单上，只是夏清泽最终没去。

但这个名字出现频率最高的地方不是网页。江浔在贴吧里搜"夏清泽"，他读过的初中里与之相关的帖子不比高中的少。江浔至今都记得以前看过的一个帖子，楼主是个匿名的女孩子，每天都记录复习过程，拍错题集的照片。她在首楼放言，如果考上山海中学就找夏清泽告白。

那个帖子日更了一两个月后楼主就消失了，中考后再被问结果的网友顶上来，楼主也没出现汇报中考成绩。

  高中的贴吧里就没这么直白露骨的帖子了,与夏清泽有关的关键词无外乎是"校草""学神""篮球"。搜久了之后,江浔意外发现同校其他班的同学对夏清泽的一个昵称——夏笨。

  夏清泽霸占年级第一太久了,他们给他取了这么个外号,希望他别那么聪明。江浔现在看到这个久远的叫法还会笑,可笑完,他退出贴吧,重新在网页上搜夏清泽父母的名字,他看着山海市知名企业家和北市芭蕾舞团前首席的词条,心中涌起了久违的卑怯。

  他高中时也会有这种感觉,好不容易鼓起勇气想去打声招呼,一想到人家那么优秀,他就一丝底气都没了。这种怯懦自卑是他打小就养成的心性,要不是夏清泽在刚才给了他当头一棒,他都要忘了自己真实的模样了。

  夏清泽当然是好意,也成功维护了他在同学面前的自尊。可江浔心虚啊,他有自知之明,他一个半路出家、没受过科班培训的非专业选手,到时候能拿国内一个小奖项的提名都谢天谢地了,他得多天赋异禀才能让《居山海》拿到国际青年电影节的最佳动画短片啊。

  他之前跟夏清泽提到这个奖就是随口一说,属于"梦想还是要有的,万一实现了呢",哪想到夏清泽真的记住了,还在这么多青年才俊老同学面前立这么宏伟的目标。

  他这些天太过于岁月静好,都忘了自己几斤几两重,或者说,他掩耳盗铃地忽略了他和夏清泽之间的天差地别。

  现实是,光明的前途属于考上北京大学的张华,而不是中等技术学校的李萍和当售货员的我;属于住得起杭市临江大房子的海归夏清泽，而不是连稳定工作都没有的江浔。

更让江浔沮丧的是，他开始无法说服自己《居山海》中的友谊是能真实存在的。高楼里的精英和渔夫农民之间要是平等的，鲁迅也不会塑造出少爷和闰土。

江浔看了看这一桌子同窗，总觉得他们离自己太遥远，离夏清泽近——夏清泽的朋友大多都同他有相似的家世背景。

江浔夹起那一筷子菠菜往嘴里塞，味如嚼蜡。那个喜欢《火影忍者》的学霸坐到了夏清泽的位置上，想跟江浔好好聊聊日本动漫，江浔不在状态，很抱歉地出了包厢逃离这场交谈。

他漫无目的地走，也不知道停在了哪儿。他靠着冰凉的墙壁，沮丧地蹲下身来，他听到一个声音问："你居然还跟他住一块儿？"

江浔原本没心思偷听，直到另一个熟悉的声音答："也不算，他住在我名下的一个民宿。"

江浔僵僵地直起身，呆滞了两三秒后抬头，那扇打开的门上写着"抽烟室"三个字。

他整个后背都贴着墙，一动不动，他听到杨骋又问："你就不硌硬？"

"有什么好硌硬的。"夏清泽答。

"他那个性格啊，"杨骋的声音拔高，"你不觉得恶心？"

夏清泽没有说话，但应该是摇头了，所以杨骋讪讪道："行吧，可是——"

杨骋"啧"了一声，说："可是他当初……"

"我知道。"夏清泽打断道。

江浔在门外瞪大眼，心脏剧烈跳动，大脑混乱到无法控制肢体。

"我上次来找你问江浔家地址和联系方式的时候，你不就告诉我了吗。"夏清泽道，"我当然记得。"

江浔心口一空。

"那你还这么淡定？我上次可都告诉你了，有一次赵阳收物理试卷他不在，着急了就翻他课桌，看到一本子里夹着物理卷子。"杨骋骂了句脏话，不屑地笑，"他那本子里画的可全是你，我要是知道有人这么偷窥观察我，我得——"

"够了，"夏清泽冷冷地打断，"以后别跟任何人提这事。"

"我这不是担心你嘛。"杨骋别扭道。

"谢谢关心。"夏清泽打断，"我当他是朋友。"

他说完，掐了还剩一小半没抽完的那根烟，从抽烟室回到包厢。

江浔还保持着他离开时那个姿势，握着筷子，却什么菜都没夹。他从水果盘里拿了五六颗蓝莓放到江浔的餐碟上，江浔抬头看他，一张脸不知为何煞白到发青。

"怎么了？"夏清泽问，"不舒服？"

"没、没什么。"江浔侧过脸。夏清泽知道他不是外向型性格，对这种聚餐无所适从也是正常的，就没太在意。

天色渐晚，他们又要回塘镇，就没参加之后的娱乐活动，直接回了晚杯。江浔一路都没说一句话，歪着脑袋靠着车门，像是太累睡着了，夏清泽便没打扰，也沉默了一路。

到民宿后，江浔匆匆回了自己房间，夏清泽这才意识到他的情绪确实不对劲，去厨房冰箱里翻出一盒蓝莓给他送过去，想同他聊聊，却发现这一溜烟的工夫，江浔就不在了。

夏清泽给他打电话，铃声响了很久才接通，电话那头的江浔不说话，但从话筒传出的海浪声暴露了他的去处。

这么几分钟就能抵达的海滩只有江浔房间正对面的那一个，夏清泽顺着海浪声寻去，原本是正常的步速，但不知怎么的，随着涛声越来越清晰，他的脚步也越来越快。终于看到独自一人坐在沙滩上的江浔，他没有找到人的轻松，反而徒生了一丝紧张。

"江浔，要涨潮了，快回来。"夏清泽站在离江浔五六米的地方。逐渐涌来的海水尚未抵达这里，但夏清泽说完这句话，迅速往后又退了一步。

他们离得不算远，海浪声也不至于淹没一切，江浔肯定是听见了的，可他不仅没站起身，没回应，连头都没回。

这让夏清泽有些生气了。对，这种心被轻轻一揪的感觉很像生气，他在江浔来的第一天就跟他说过，不要在晚上涨潮时去海边，江浔今天偏偏要挑这个时间和地点。

"江浔，"夏清泽命令道，"回来！"

"我等一下自己回去。"江浔还是没回头。

夏清泽看着那个坐着的背影，那种心被一揪的感觉更明显，一些久远的画面也不受他大脑控制地自动浮现于眼前。

这让夏清泽有一瞬间觉得自己很陌生，夏樱投海自杀后不只是蒋灵，他也做过大量的PTSD（创伤后压力心理障碍症测评和定期的咨询，每一份报告的结果都是正常的，每一个咨询师都未担忧过他。

可今天，现在，此刻，当江浔所处的环境与记忆中的那一晚重合，他原本以为是生气的情绪竟与恐惧重叠了起来。

"回来！"夏清泽跑过去了，粗暴地拽住江浔的胳膊，将他拉离缓缓上涨的海水。

不管是体格还是体力，江浔都比不过夏清泽，即使他挣扎了，还是被夏清泽拉到了离海水一二十米远的地方。夏清泽放开他，他握住被弄疼的手腕，头低得死死的，说："我明天就走。"

夏清泽觉得莫名其妙。

"我都听见了，你跟杨骋在吸烟室，他告诉过你，我高中……"江浔还是没抬头，他当时听到这一句，就落荒而逃。

"我还以为什么呢。"夏清泽双手叉腰，吸气又呼出，想让自己莫名紧绷的身体放松，可耳边的海浪声却越来越明显，拍得他难以平静。

"这都多少年前的事了，"他故作轻松地笑，表现出并不在意的态度，"都这么多年了——"

夏清泽收回勉强扬起的嘴角。

他原本想说，都这么多年了，谁还会把十六七岁的事当回事。

可当他看到江浔抬起头，那双平日里水灵水灵的眼睛里真的有水光时，他才意识到，江浔快哭了。

"是啊……"江浔红着眼，"都这么多年了。"

"是多少年呢……"他仰起脖子，看着那轮盈盈天上月，他告诉愣神的夏清泽。

"从高一的开学典礼开始，整整八年零六个月。"

那年的你

VI

不管发生什么
我们都可以一起面对

Shall I compare thee to a summer's day?

夏清泽一滞。

等回过神，江浔留给他的已经是背影了，他走在人造金沙滩和经年累月沉淀的淤泥之间，缓缓上涨的海水即将漫上他的脚踝。

夏清泽看着渐渐远去的江浔，焦虑地又往后退了一步，可当那个身影就要消失在两盏路灯之间的稍暗处时，他完全出于本能地跑过去。

"跟我回去！"他一手控住江浔的肩头，一手抓住他的手臂，强迫他转身。江浔不依，毫无章法地挣扎。

"要涨潮了，危险。"夏清泽焦灼道。

"对啊，只是涨潮啊！"江浔完全无法理解，"又不是台风天，这个涨潮速度能出什么事？你看看那边——"他指向侧岸不远处的火光，"景区那边还有篝火晚会，那么多人都在海边啊。"

"不一样。"夏清泽坚持，"你和他们——"

他没说完，站着挣脱不开的江浔突然蹲下身，他没反应过来，手上脱力。得了自由的江浔迅速爬起来，往火光和灯光相反的地方跑，显然是急于摆脱夏清泽。夏清泽追过去，喊江浔的名字，两人之间的距离越来越小，潮水也越涨越快。

"江浔!"夏清泽急了,"别往淤泥上跑!"

江浔不听,走在覆盖大小泥坑、没上他小腿的海水中。夏清泽在更靠岸的地方,跟江浔齐平,但不会被海水打到丝毫。江浔也发现了,那上涨的海水就是夏清泽的结界,他的小腿只要还泡在里面,夏清泽就不会靠近。

"……你回来。"夏清泽在沙滩上跟着他一起走。

"我就是想一个人,"江浔也着急了,"你先回去行不行。"

"你跟我回去行不行?"

江浔沉默,踩着淤泥沿着海岸走,他想不明白,这儿很安全,夏清泽为什么会这么……紧张。

"那你怎么样才能跟我回去?"夏清泽越来越焦躁,"你先上来成不成?"

"你先回去吧,"江浔小着声,继续在漫到小腿肚的海水里走,"我一个人再——"

他短促地"啊"了一声。夏清泽最担心的事情还是发生了,江浔不小心踩到退潮时游客挖出的泥坑,一时没站稳,双膝都弯下跌入了潮水中。

那海水不深,一点都不深,江浔就算跌个四脚朝天,也顶多是呛几口海水,很快就能爬起来。可夏清泽在那个身影出现摇晃的瞬间,他就踩进海水,在江浔彻底跌下前伸出了手。

江浔抓住了,可扑打而来的潮水让两人都重心不稳,连带着夏清泽也扎了进去。鼻腔里涌入咸涩的海水,他闭上眼摸索着爬起身,抓住江浔的左手手腕,那里有一个银镯,和系着花朵吊坠的红绳。

他的手突然一空。

同时他睁开眼,整个身子都轻轻一抖。他坐直的同时又眯上了眼,一时没能适应眼前的光线,等他再彻底睁开时,眼前全是奋笔疾书的白衬衫。

他吐出一口气,后背也撞上座椅靠背。他抬眼,六个电风扇正以最快速度旋转,再环顾四周,窗外的月亮被竹林遮挡,对面的教学楼也灯火通明。

"怎么了?"

有人轻拍他的肩,夏清泽扭头,看到了一脸迷惑的杨骋。他胸牌上的校徽是红色的,夏清泽低头,看到自己校服左胸上窄长的名牌,再看向隔了一张空桌同坐在最后一排的杨骋,说:"没什么。"

"噢……"杨骋皱了皱眉,还想问什么的,眼皮突然一抬,就迅速坐端正低下头看正在写的卷子,最大限度地避免和刚才进教室的人有眼神接触。夏清泽往门口看过去,孟嘉腊抱着一叠答题纸走到讲台桌前,扶了扶腰带后再坐下。

孟嘉腊厉声道:"我知道你们怎么想。这么热的天还待在学校里补课,你们不乐意,有情绪,人也浮躁。可你们看看这次全市联考的成绩和排名,你们再掂量掂量,估摸一下自己可能的全省排名,再看看时间——"他往黑板左上角一指,"离高考就三百多天了,你们现在不努力,什么时候努力?"

"可是老师,真的热啊,脑子都热得跟灌了糨糊似的,怎么学啊。"说话的是赵阳。

"那你们跟校长反映,明天第一节就是化学,你们跟陈老师说。"

"说过了啊,"赵阳苦大仇深着一张脸,"我们每次问陈校长什么时候装空调,陈校长都说马上,再马上,马上马上。"

全班哄堂大笑,夏清泽也轻笑了一声。

山海中学的行政高层都是有教学任务的,就算是一校之长陈旗,这么多年也不忘老本行化学。前几天上课,学生们都热到无精打采,他的衬衫也湿透了,就讲了几句题外话给大家加油打气。他这个校长已经当了快二十年了,和什么人都打过交道,某一年中考结束后,一个大老板的儿子分数不够山海中学投档线,就私下联系他,希望陈校长能开个后门。

"大老板嘛,很有钱的,说要给学校捐一百台空调,就换他儿子一个入学的机会。我没答应,我怎么能答应呢,能考进山海中学的都是你们这个水平的,我怎么能为了一百台空调,就降低我们的入学标准呢!"

陈校长当时就是这么跟班里同学讲的,边说边擦汗,边擦汗边自豪。可还要在学校待到七月中下旬的同学们都要热化了,当着陈校长的面不敢太造次,当着孟嘉腊,还是敢抱怨的。

"说真的,只要有空调,别说七月份,整个暑假都待学校我也OK,不然太难熬了,太难熬了。"

"有多难熬?"孟嘉腊叫那个男生的名字,把他叫上讲台,让他改讲义上的错误,"你们啊,就是太年轻,血气方刚,所以浮躁。不能浮躁啊同学们,你们要时刻记着你们是尖子二班的一员,你们做出表率和榜样,普通班同学的心也就静下来了。"

"怎么静啊,下个星期天晚上就是校庆,大家的心早就野了。"

"那你给我上来改错题,我帮你收收心。"

全班同学又笑,但笑完也都低下头,就怕自己是下一个被叫到的。

"今天是几号?"夏清泽问杨骋。

"六号。"杨骋从抽屉里偷偷拿出手机,点亮屏幕后肯定道,"七月六号,星期一。"

夏清泽"嗯"了一声,往第三排最左侧看去,那里有个空位。他第一反应是出教室找人,可他刚要站起身,前门门口就晃进一个身影,那个穿校服的少年低垂着头无精打采,裸露的手臂上还有未干的水渍。他太恍惚了,撞上了背对讲台改错的一个同学,他们两个都愣着,直到孟嘉腊抽出一张讲义,"啪"的一声拍在讲台另一侧,说:"江浔。"

江浔肩膀一耸,像是小松鼠一样把双手收到胸前,挪着步子走到孟嘉腊旁边。夏清泽注意到他手腕上有镯子也有红绳,也看清了他水痕未干的脸。

"去洗脸了?这么热?"孟嘉腊口头禅似的问,"这么浮躁?"

江浔迅速摇头,就是在梦境里,他面对孟嘉腊也不敢浮躁。

"那大题怎么错这么多?"孟嘉腊指着倒数第二道大题,问,"这个带电粒子到底是什么电荷?"

江浔看到自己写正电荷错了,就小声地说:"负电荷。"

"对啊,负电荷啊,全班就你写正电荷。第一小题就错了,你后面辛辛苦苦全写出来,也全错啊,14分扣光。还有最后一道大题,你什么意思?不会写就空着了?这要是高考,你也空着?不挣扎一下?啊?"

孟嘉腊越说语速越快,手往讲义上一拍并扭过身,上上下下地打量江浔,说:"我曾(真)的是要从(重)心(新)愣(认)斯(识)你了啊江浔,你这是带头浮躁。"

江浔放在胸口的手指搓到一块儿,显然是很紧张。孟嘉腊也训够了,让他站到靠窗处及腰高的书柜前改,然后再叫其他有错误的同学上来订正,答案全写对后才能回去。

夏清泽是少数几个没上讲台的,他远远看着江浔一筹莫展,一会儿左手握拳,一会儿右手又竖起大拇指,焦头烂额没写下一个字,于是他就带了支自动笔,走到江浔左侧打开自己的那个书包柜,从里面随便拿出本书。

江浔低着头,神色紧张,等他走近站到自己边上,还避嫌似的收了收胳膊。

夏清泽没江浔那么扭捏,用身子做遮挡定定地看着那朵三瓣有颜色,另一瓣透明的花型吊坠。江浔眼睛眨得飞快,不知道该如何解释。

"$Q=I^2Rt$。"夏清泽说。

"哈?"江浔抬起头,茫然又错愕地看着他,没听懂。

"最后一道题的公式。"夏清泽轻声说着,扭头看向讲台,见孟嘉腊刚好被其他围着讲台改错的同学挡住,迅速在江浔讲义上所有红叉旁边写上解题公式,江浔只需要把数据套进去就成。江浔看着自动笔留下的痕迹,呆呆地没动手里的水笔。夏清泽又扭头看了看讲台，都要催他了，江浔说："你居然没变成夏笨。"

"嗯？"这次换夏清泽没听懂。

"就是……"江浔发出灵魂拷问，"就是我进入梦境后连氯化钠是不是电解质都忘了，你居然连焦耳定律都能张口就来。"

他百思不得其解，终于把头抬起来了，蹙着眉努着嘴，两颊含着气，气鼓鼓的还挺可爱。

在整个教室气氛紧张到沉默时，江浔和夏清泽陷入了他们微妙的小情绪。江浔太久没碰过算术题了，手指头都要用上了，夏清泽好人做到底，又帮他写上最后的答案。

此刻还有小半个班的同学围着讲台和书柜改错题，孟嘉腊也依旧被挡着，江浔就没马上把讲义交给孟嘉腊看，而是瞅着没离开的夏清泽，问："你就一点也不慌吗？"

"我要是大喊大叫说我是穿越过来的，你觉得会有人信我吗？"夏清泽冷静地反问。

"这不是穿越，我们能回去的。"

江浔三两句说不清，都要急得跺脚了，夏清泽反过来安抚他，说："没关系，穿越小说我也看过。"

江浔："……"

"你就这么淡定？"江浔要不淡定了，"我们说不定还在海水里泡着呢。"

"那我们要怎么做才能回去？"夏清泽问。江浔正要开口，扶着腰带从讲台正中间探出身子的孟嘉腊喊："江浔。"

"到！"江浔条件反射。教室里本来就安静，他这一声"到"就把所有人的目光都吸引来了，也看到了不知道什么时候出现在他旁边的夏清泽。

"夏清泽啊，"孟嘉腊也叫他，"你把剩下全对的答题纸发一下。"

夏清泽"嗯"了一声，从孟嘉腊手里接过那五六张答题纸，里面有他的，也有杨骋的。发完后他坐回了原来的位置，江浔也估摸好了时间，把讲义交给孟嘉腊看。孟嘉腊点了点头，语重心长道："你看这不就都对了吗，心静自然凉，你下次上考场后也把心沉下来，不比你夜自修的时候去洗把脸管用吗……"

择日不如撞日，孟嘉腊对江浔的教育在这个晚上可谓是滔滔不绝，他说江浔不能这么呆，有什么不会的就来问他，也可以问班里别的同学，他这次物理成绩在班里倒数，谁都可以做他的老师。

"听进去了没有？"孟嘉腊看着不知道点了多少个头的江浔，"以后别再不会就空着了，你就是蒙几个公式上去，我今天也不会这么生气啊。"

江浔继续点头。

"够了，别再点头了。"

江浔终于可以歇一歇了，抬手扶住额头。孟嘉腊见他这么紧张可怜的样，一肚子的气也就消了，半开玩笑地用只有江浔能听得到的音量说："莫滋莫锅，回座位上去吧。"

江浔如获大赦，重新坐回第三排，鼻尖都沁着汗。他桌上的参考书和试卷很多，正在刷的是化学选择题，江浔一看到氯化钠就头昏脑涨，只能拿起笔装模作样地选，等孟嘉腊走了再说。他动了动左手，把那朵吊坠露出来。

江浔盯着那片失色的花瓣，终于从再次入梦的神魂未定中缓了过来，后知后觉地意识到，自己还意外解锁了新功能，把夏清泽也给带进来了。学神不愧是学神，他面对孟嘉腊难掩窘迫，夏清泽居然如此淡定，丝毫没有在海边时的慌张。江浔寻思着他截然不同的两副面孔，觉得自己也曾（真）的是要从（重）心（新）愣（认）斯（识）夏清泽了。

"江浔！"

"哈？"江浔一个激灵。他看向讲台，那里只有孟嘉腊。

"在试卷上画什么呢？"孟嘉腊问。

"没、没什么。"江浔迅速把那张试卷塞进课桌里头，低下头，认认真真地做选择题，选 C。

"还说没画什么，我都问过监考你的老师了，他说你理综最后半个小时都在草稿纸上画画，还以为你全做完了，没想到⋯⋯"

意识到是当着全班人的面，孟嘉腊没再批评，也不觉得有再单独找江浔谈话的必要，只能苦口婆心地劝他注意力集中，然后扶着腰带站起身，缓缓往门外走去。他出门后，班里先是死寂了五六秒，然后所有人都不约而同地舒了口气。尖子生也是普通人啊，终于把孟嘉腊这尊大佛给送走了，当然也会三三两两地议论交流几句。没有人找江浔说话，江浔也不想找别人说话，但他又想看看夏清泽，只能扭头，憋出一句问后桌："请问有餐巾纸吗？"

后桌看到江浔桌角刚拆封的纸巾盒了，还是二话不说，从抽屉里掏出自己的。江浔抽了两张，说了谢谢后转身，满眼都是方才余光里看到的夏清泽。夏清泽一言不发地做着题，已然是适应了高中生的身份。

这等学无止境的至高境界让江浔望尘莫及，他对学神的敬佩就要溢于言表了，他的后背被人轻轻一戳。江浔回头，一脸担忧的后桌松了口气，小声地说："我还以为你哭了。"

"啊，没有啊。"江浔不好意思地挠挠头发。他这才想起后桌的名字，叫程港生，是当年的高考黑马。程港生的成绩一直稳定在尖子班的中上游，没想到最后他超常发挥考上了国内顶尖大学的物理系，现实世界里的同学会他之所以没来，就是跟研究生导师去美国参加什么全球华人物理大会。

"孟老师刀子嘴豆腐心，他刚才说的话你别太往心里去啊。"程港生往前凑了凑，距离的拉近让他的声音更清晰，"我也会在草稿纸上乱涂乱画，谁都在考场上这么干过，这很正常的，没事儿。"

江浔看着这位曾经当了两年前后桌但鲜少交流的老同学，万万没想到只要他主动借两张纸巾，话匣子就能轻而易举地被打开，他们还能生出几分惺惺相惜。

"这就是一次联考，考差了就差了呗，"程港生也不太会安慰人，只能比惨，"我也跌出全校前五十了。"

"那我们下次联考杀回去。"江浔现在就一光脚不怕穿鞋的，反正隔那么远夏清泽又听不见，"制霸山海中学勇夺第一"他都说得出口。但这么立目标确实浮躁，他都已经被孟嘉腊盯上了，不能真的带头浮躁。

"那你有什么物理题不会都可以问我，你把你的英语作文借我看看呗，"程港生也挺不好意思的，他人挺木讷，在班里也没什么朋友，今天主动开口跟江浔说话也挺需要勇气的。

"行啊，都包在我身上。"江浔自信道。高中的科目里，理综和数学他是彻底忘了，但做动画是要英语储备的，他这方面的知识一直没丢。又聊了两句后江浔就转过身继续刷那些看不懂的试卷了，等夜自修的结束铃响起，他把那张又画了涂鸦的试卷揉成团，心虚地塞进了课桌，然后收拾东西。

他故意把动作放慢，等他抱着书包准备回寝室，班里就只剩下五六个人，包括夏清泽。江浔朝他走过去，夏清泽见他站在自己左侧，就把书包背到右侧。

"我送你回寝室吧。"夏清泽说。

江浔摇头："我又不是女孩子。"

"那我陪你回寝室。"夏清泽改口。

江浔："……"

他们关了教室最后面一排的灯，然后往寝室的方向走。他们所在的教学楼离食堂最近，离宿舍楼最远，散着步回去要七八分钟。江浔打过腹稿，利用这段时间向夏清泽解释到底发生了什么，夏清泽问小艾同学什么时候会出现，江浔叹了口气，说小艾同学神出鬼没，他也不知道它在哪里，更不知道这次该如何回去。

"你知道的。"

"嗯？"江浔在寝室楼前停下脚步。

"你刚才说，它能帮你弥补遗憾，"夏清泽垂眼，看着江浔手腕上那段红绳，问，"你入水的那一刻想到了什么，才导致我们都进入这个梦境？"

"我……"江浔把手都背到后面，有些逃避地看向别处。楼管阿姨见他还不进来，神色催促，怕他再磨蹭下去来不及洗漱，夏清泽就伸出手，说："手机。"

"哦。"江浔在书包夹层里搜刮，看到手机后手上动作顿了顿，还是拿出了那个诺基亚砖块机。夏清泽接过，输入自己的电话号码后交还给江浔，然后拍了一下他的肩胛处："先回去吧。"

"好。"江浔还真乖乖地转身了，可走了几步，他还是觉得不对劲，一扭头，夏清泽站在原地注视着他，似乎是要等他上楼后才离开。江浔就折了回来，双手攥着书包带，跟夏清泽说抱歉的话，把他卷进这个梦境并非他本意。

"但我已经进来了，"夏清泽定定地抬起手，放到了江浔肩头，鼓励道，"不管发生什么，我们都可以一起面对。"

江浔回寝室后，其他两位室友已经洗漱完上床躺着吹空调了。他听到卫生间里有流水声，想到里面的人是杨骋，就不是很愿意进去用另一个隔间，于是一言不发地坐在下铺等待。

江浔先是忙不迭地给他在普济寺做帮工的奶奶打电话，千叮咛万嘱咐，让奶奶小心今年的台风。戴佩云也是读书看报的，还没见着今年有台风的消息，就让江浔别担心，就算台风真在山海市着陆了，她在普济寺也出不了什么事。

电话挂断后，江浔准备换鞋，把鞋脱下后他盘坐在床上，弯下身挂出脑袋去床底下捞拖鞋，他看到了自己那双穿了多年的人字拖，但他没立即起身，而是看向床底另一边杨骋的鞋。

杨骋打篮球，篮球鞋摆了五六双，可以穿一个星期不重样，星期六带两双要刷洗的回家，星期天带回来的又是不一样的。与之相比，江浔的杂牌帆布鞋和另一双国产运动鞋就显得非常寒酸，哪怕那个品牌在七年后会成为国货之光，十七岁的江浔宁愿穿四五十块的帆布鞋去篮球场外看夏清泽，也不喜欢陈筠给他买的这双。

江浔重新坐直，定了定神，起身站到床对面的衣柜前。他打开自己的，里面第一格是校服。山海中学的校服有三种，对应夏秋冬三个季节。夏天是衬衫，秋冬都是外套，同学们只需要在外套里穿自己衣服就可。江浔往里面翻，发现了几件他没带回家的毛衣。他高中毕业前的衣服都是陈筠一手包办的，当尖子班的理科男都围上围巾，她给江浔买的毛衣依旧都是高领。毛衣的款式用七年后的眼光来看勉强算复古，但十七岁的江浔每次都把校服拉链拉到顶，是觉得自己穿的衣服连颜色都土。

江浔把毛衣放回去，叹息着笑了一声。他读高中的时候，家里的摩托车已经换成丰田了，但"只比学习不拼家境"的观念在陈筠这些白手起家的普通人心中根深蒂固，再加上江浔又是男孩，她和江穆便把儿子的物质需求也一同忽视了。

这让江浔难免显得穷酸，别人的高中是篮球鞋、改窄又卷起的校裤裤脚、走廊上的招呼，他的三年青春是试卷讲义、永远不合身的校服、上个厕所都是一个人。

江浔把手放在明天要换的衬衫校服上,他想十七岁的自己面对父母时要是有二十四岁的胆魄就好了,那么他一定要告诉陈筠,他的生活不是只有学习分数和成绩,他是男孩子,但他也想穿体面的衣服,也想拥有好看的篮球鞋。

"还不洗?"

江浔关上柜门后扭头,杨骋正擦着头发从卫生间里出来,他嗅了嗅鼻子,不是很耐烦地提醒:"还有五分钟就熄灯了。"

"哦哦,我马上就去。"江浔抓起睡衣进卫生间,边冲澡边刷牙,火急火燎的连身子都没擦就套上了衣服,脸上、脖子上、手上都是水。杨骋在上铺对慌慌张张的江浔投以睥睨的眼神,傲慢得恍若俯视另一个阶层。

灯很快熄了,楼管阿姨开始查房,拿着个手电筒突击每个宿舍,看到有同学头埋被窝里会好好观察一番,确认他是不是在玩手机,要是遇到还打着灯苦读夜战的,则会劝几句让他们早点休息。江浔装睡,等楼管阿姨轻轻关上门,他的眼睛猛然睁开,摸索着从书包里掏出砖块机,迫不及待地摁亮显示屏,那上面只有时间和日期,没有短信通知和未接来电。

江浔捧着手机,瞬间泄气,手机往枕头底下一塞就要睡觉。

可他睡不着。他平躺在床上,没拉严实的窗帘之间有月光泄进来。江浔看着那轮在暗云间若隐若现的月亮,摸出手机,给夏清泽发短信,问他到家了没有。

夏清泽回得很快:嗯。

江浔侧了个身,躲在被窝里并不娴熟地敲九宫格按键。他打了删,删后再输入新的,想了想还是又删了。这是部老人机,按键的声音虽没明显到会隔着被窝传出去，但江浔还是蹑手蹑脚地去了卫生间，把门虚掩上，蹲在洗手台旁发了句：你见到你姐姐了吗？

夏清泽回：没有。

江浔攥着手机，漆黑一片的空间里那是唯一的光。

夏清泽：我姐姐是在我高一那年离开的。

江浔看着那句话，掌心重重拍了好几下额头，自己都嫌弃自己的脑子。他不知道该说什么了，夏清泽隔了半分钟后发：你别自责。

江浔挺起背，环顾左右，都要以为夏清泽就在身边看着呢，不然怎么知道他的心理活动。

夏清泽：是我很多事都没和你讲，这是我的问题，你不需要内疚。

江浔稍稍松了口气，坐在了冰凉的大理石地板上，回了个特别古早的砖块机自带动画——一只小白兔开开心心地送上一个苹果。

夏清泽：收到。

江浔想象他输入这两个字时可能的表情，捂着嘴忍不住笑。他觉得自己还是得含蓄矜持点，就发：我会尽快找到回去的办法的。

夏清泽回：好啊，我们一起找。

江浔看着那个主语，没来由地傻笑。夏清泽又发：江浔。

江浔发"嗯嗯"，明知夏清泽看不见，还会默默在心里嗯声并点头。

夏清泽：我没有抗拒待在这个梦境里，在山海中学的这两年，我也错过了很多。

江浔把手机拿到眼前，仔仔细细地看这句话。某种程度上，他是能理解夏清泽此刻的心情的。尖子班里也有原来跟他同班的，他们有时候谈起夏清泽也会觉得奇怪，说夏清泽刚入学那一个月至少会和同学一起去食堂，也挺爱笑，但半个学期过去后，他除了打篮球，基本上都是独处。

江浔原本以为夏清泽是性格使然，但如果考虑上夏樱自杀的时间点和那些书，夏清泽的高中和之后的未来都与母亲的抑郁症和PTSD紧密联系。他也没好好欣赏过山海中学的风和月，别人眼里的夏清泽在云端之上，却不知那云端上只有他一个人。

所以他隔了大约一分钟，又发来新的一条：我其实很想借这个机会，好好看看。

江浔手速飞快地打了句"好啊，这是梦里，我们可以胡作非为。"想了想，又把"我们"改成了"你"，然后发过去。夏清泽给他发了个"好"，江浔就继续抱着手机傻乐。他们都心照不宣地不去提海边发生的一切，只当自己是十七岁的江浔和十八岁的夏清泽。

江浔怕自己再聊下去真会激动到彻夜难眠，就回：我准备睡觉了。

他刚发过去，卫生间的门就被推开了，江浔还以为是楼管阿姨杀了个回马枪，吓得往角落里一缩，手机藏到身后，但显示屏的光还是顽强地透出来，给江浔的肩和头发打上柔光。

"你躲厕所里干吗？"杨骋皱着眉，点开自己手机的闪光灯对着江浔。江浔被光线刺激得闭上眼，抬起双手手臂挡光。杨骋看清了江浔手里的砖块机，不由嗤笑一声。这是一个iPhone都出到6S的年代，江浔居然还在用老掉牙的诺基亚。

可就是这么穷酸的江浔，敲九宫格按键的时候会笑。杨骋在进来前已经暗暗观察过一会儿了，显示屏打到江浔脸上的光没有让他的笑变得狰狞，反而异样纯粹。

杨骋都想不起自己上一回这么开心是什么时候了，这让他心中涌起微妙的不爽，他像个抓捕罪犯的秘密警察，企图用那束闪光灯夺走他认为的不属于江浔的东西。

"没、没什么。"江浔适应那光线了，站起身，也不解释，出洗手间门的时候还撞到了杨骋的肩膀。他是不小心的，但没道歉就钻回了被窝，杨骋站在原地愣了几秒，想到孟嘉腊那句话，觉得自己也要重新认识江浔了。

但杨骋怎么想的江浔才没工夫去关心，他点亮屏幕，点开那条未阅短信，夏清泽给他发：晚安。

江浔整个身子又缩了缩，脚趾都高兴到蜷起。他也给夏清泽发了个"晚安"，然后从被窝里探出脑袋，抱住被子入睡。

他睡得太舒服了，被人推搡着叫醒，都不肯睁开眼。楼管阿姨就摸了摸他的额头，确定他没发烧，大着嗓门喊："还有五分钟，早读就要开始了！"

江浔烦闷地用枕头捂住耳朵，这人都没睡清醒呢，读什么早，早什么——

江浔从床上坐起来，扭头，楼管阿姨把她的手表给江浔看，上面显示的时间是6：55。江浔眼睛都瞪直了，阿姨一走他就开始换校服，抓着书包就往楼下跑，前脚刚冲进教室前门，后脚预备铃就响了。

江浔跑得太拼劲，又没吃东西，坐到位置上后大半天都缓不过来，念英语的时候差点干呕。他同桌也来迟了，趁着英语老师没来，正往嘴里塞没吃完的早餐，见江浔明显饿着了，就分出半个花馒头给他。江浔又下意识地打算拒绝，嘴巴刚张开，英语老师就进来了。这时候江浔脑筋转得快了，迅速把那半个馒头塞嘴里，另一只手握笔写单词。

老师见他们俩狼吞虎咽的样子，也不好批评他们在早读的时候说闲话，睁只眼闭只眼就过去了，在班里又转了一圈，去了隔壁一班。

江浔吃得太急，老师一走，他就开始趴在桌子上咳，后桌的程港生戳了戳他后背，江浔咳到眼眶都酸了，没立即回头，而是等缓过来后才抬头。

他抬头，桌边放着一罐用玻璃瓶装的鲜奶，程港生刚才戳不动他，就直接放他手边了。

江浔摸着那瓶还热的奶，挺感激的，但还是想还回去。他转过身，"我不要"都在嘴边了，程港生往后面指了指，说："不是我的。"

他顺着程港生的手指看过去，夏清泽桌上也有一瓶一模一样的鲜奶，刚才是他让同学帮忙传一下，最后传到程港生手里的。江浔正要说什么，同桌突然拔高音量连着念好几遍"masty"，江浔随即转身，在英语老师的目光扫到他身上前，慢慢翻页到最后的单词表，使他之前的未开口更像是读累了后的短暂休息。

可他还是停顿了两三秒,然后把不知什么时候画了涂鸦的那一页翻过去,心不在焉地念着单词表。

平凡之路

VII

你别忘了你现在才十七岁
你可以做你想做的任何事

Nor bear the burthen of thy griefs alone;
No, I would have my share in what were thine

  早读结束后，夏日的烈阳也高高升起。铃声一响，班里同学就趴倒了大半，以至于在上课铃响前进教室的陈旗愣是拍了好几下黑板，才把补觉的同学们全都叫醒。

  "打起精神来啊同学们，"陈旗刚从有空调的办公室出来，但也出了汗，边抹额头边加油打气，"你们是尖子班啊，要拿出精气神做表率啊！"

  "校长，热啊。"赵阳谨记昨日孟嘉腊的叮嘱，再一次询问空调的安装日期。但陈旗还是老样子，跟孟嘉腊把"浮躁"挂嘴边一样一遍遍说"再等等"。

  "别睡了别睡了，早上第一节课都这么没精打采，接下来一整天该怎么办？"陈旗叹了口气，都不知道该说什么了。

  "都坐前面来，快点！"陈旗凶了一句，教室后三排的同学里才有人不情不愿地开始搬椅子。电风扇的杂音太大，后排的同学容易听不清老师讲了什么，就会坐到每一列的空隙里，跟前三排的同学共用课桌。以前夏清泽从来没坐到前面去过，所以当他把椅子搬到江浔旁边，江浔也愣了。

  "未雨绸缪。"夏清泽说。江浔没听懂，迷惑了一整节化学课，等孟嘉腊来了，他才明白夏清泽未雨绸缪什么了。他确实成了孟嘉腊的重点关注对象，孟嘉腊分析试题时，就会把江浔叫起来，问他这道题知识点是什么，要用什么公式，如果没有夏清泽在旁提醒，江浔就只能跟孟嘉腊干瞪眼了。

之后是英语课，老师让大家先念念单词表，江浔没能遮住，就被夏清泽看到了他以前的涂鸦。江浔看到夏清泽笑了一下，急了，在并不高涨的读书声里解释道："这真是我读高中的时候画的。"

"看出来了，"夏清泽说，"你现在画的比七年前好。"

江浔就当他是夸奖了，揉了揉耳朵。

暑假补课的课表是按平时上课的课表排的，除了主课，其他课都成了没有老师坐班的自习。像什么音乐和美术，大家也就在教室里继续写作业了，但体育课不行。别看大家把"热"挂嘴边，一到体育课，只要班主任没明文禁止，男生们大多都会顶着太阳去球场。二班星期三上午的最后一节就是体育课，英语老师还在拖堂呢，江浔就看到前排的一个同学开始偷摸放在桌底的篮球了。

"想打篮球？"夏清泽注意到江浔的目光了。

江浔摇摇头："我不会。"

夏清泽说："那我们去低端局。"

江浔整个后背都挺直了，深吸一口气，在英语老师说"下课"后扭头看坐在旁边的夏清泽。夏清泽右手还拿着笔，左手挂在自己椅子的靠背上。

"你怎么这么看我？"夏清泽笑，觉得江浔定住的表情挺可爱。

"可是你以前从没去过低端——"江浔捂嘴，后知后觉自己又说漏嘴了。山海中学室外的篮球场区有两个，一个是靠近教学楼的标准场，总共八个篮筐，另一个是体育馆外的水泥地，那里有四个篮筐。高中的篮球场永远粥少僧多，于是大家约定俗成，水平好的去标准场，水平差的去水泥地，也就是所谓的低端局。夏清泽高一还进过校队，每次体育课，江浔只要趴在教室外的栏杆上，就能看到夏清泽在标准场，他三分球投得很准，要是进攻，体育生都防不住他。

"谁说我没去过的，"夏清泽把椅子挪回最后一排，再回来，把自己的篮球塞给江浔，说，"在水泥地练过不一定打得好，但打得好的，都是从水泥地练上来的。"

江浔双手环抱着那个篮球，愣愣地总觉得这一切不真实，夏清泽趁他正发呆，就把人拐到了水泥地，那边人也少，他们两个人占一个篮筐的场地也不会被打扰。夏清泽尝试着教江浔三步上篮和运球，但这些肯定不是一节课的时间就能熟练的，江浔上篮了几次都没中后就放弃了，站在篮筐下变换着角度，只求能把球扔进去。夏清泽坐在树荫底下，看着江浔会因为没投中而垂头丧气地去捡球，然后屡败屡战，锲而不舍地投下一个，球离手后的那一两秒满脸期待。终于投中后，江浔会双手握拳放于胸前，激动地跳一下。把球捡回来后他也想休息，就坐到了夏清泽旁边。

"开心吗？"夏清泽把矿泉水递给江浔，江浔接过，迟疑一下后喝了一小口，很用力地点头。

"你今天看上去也很开心。"江浔把水咽下后说。

"嗯,"夏清泽微微眯眼,看着前方水泥地上的其他人,"我妈妈昨天心情很好。"

"虽然知道她一个月后会突然情绪失控,会……"夏清泽停顿了几秒,翻开右手掌心,阳光透过树叶刚好打在他的手腕上。

"……但她昨天真的挺开心,还给我煮了安神的汤,叮嘱我早点睡。"他眨了一下眼,缓缓地回忆昨晚的每一个细节,还是笑了,好像这样的交流对他来说极其难得,他很珍惜,也很满足。

"都会好起来的,"江浔想到回北市芭蕾舞团工作的蒋灵,说,"已经好起来了。"

"但她还是没来过晚杯,她还是恐海。"夏清泽摇了摇头,眼神一黯。江浔上一秒还因为夏清泽的开心而开心呢,现在当然又为夏清泽的难过而难过,想方设法要逗他高兴,就把篮球塞到他怀里,拍着自己胸脯斗志昂扬地说:"我们1对1。"

夏清泽真的没忍住,"扑哧"一笑。江浔的自信和自尊完全没被这个笑伤到,他站起身,走到夏清泽面前,双臂大张做出防守的姿势。夏清泽抬头,看盛夏的阳光打在江浔身上,他舒展的双臂像雏鹰未丰满的羽翼。

"好。"夏清泽也站起来,跟江浔对打。但江浔水平真的太烂了,要是没有不小心打到夏清泽的手,他根本抢不到球。夏清泽也没跟他说这算犯规,放水任由他抢,江浔没投进去,他会帮忙补,说这个球算江浔的……

这一幕幕都被慢慢走过来的杨骋看在眼里,他们俩笑得越开心,他眼底就越来越冷。江浔的球脱手后刚好往他这边滚,他用脚把球停住，没拿起来，而是脚踩在球上。这让跑过来捡球的江浔停下了脚步，脸上的笑也慢慢僵住，这个改变让杨骋的心情好起来了，都没低头看一眼，他把篮球踢到江浔脚边，好像那是什么他最不屑的东西。

"24班说想打3对3。"杨骋扬了扬下巴，朝夏清泽喊。24班是文科班，但体育生选文科的多，24班的三个特长生刚好又是主攻篮球的，夏清泽要是不来，他们几乎没有赢的概率。

夏清泽问了一下时间，还有二十多分钟才下课，确实能打场小比赛。于是他跟杨骋一起往标准场走去，但走了几步后回头，江浔并没有跟上。夏清泽折回去，正要勾江浔肩膀，江浔往后一缩，有些拘谨地说："我就不去了。"

"为什么？"夏清泽问。

江浔勉强着笑，想逃避这个问题，夏清泽拍了一下他的后背，没搂肩膀，而是捏住了他的后颈。夏清泽稍稍一用力，江浔就不受控制地跟着他往前走。

"怎么能不去呢，你以前都在篮球场外看，我今天让你在篮筐底下看。"夏清泽笑，"我带你上场都成。"

进篮球场后，江浔站到了篮球架投下的阴影处，这里不容易被飞出来的篮球砸到，也能更好地看清球场上的走位。和他站在一个地方的还有赵阳，江浔对他还是有些忌惮的，就往后退了退，可是不会被太阳晒到的就那么点地方，他和赵阳之间的距离还是近得只有一两米。

比赛很快就开始了，24班三个都是特长生，2班除了夏清泽和杨骋，另一个戴眼镜的身高并不占优势，防不住人高马大的特长生，投篮也容易被盖帽，又一次传球被截后杨骋火气都要上来了，赵阳喊了一句："打手，打手！"

场上所有人都停下，循声看向赵阳，赵阳做出打手犯规的手势，拍自己手腕拍得可起劲了，刚拿到球的体育生也没异议，把球放下后双手往头顶举了举，说："我的我的。"

"别老盯着我们啊，"另一个体育生笑，"你们班的要是犯规了你可得一视同仁啊。"

"放心吧，没问题！"赵阳催促道，"你们先交换球权哈，交换交换。"

随后球从眼镜男传到杨骋手里，杨骋强突到中圈投篮，没中后赵阳刚要喊"没了没了"，夏清泽跳起，将那个球补进了篮筐。江浔看着激动，鼓掌鼓得像海豹拍手，赵阳扭过头瞅他，他就把手都背到后面，继续故作淡定地看。又观摩了几个球后，他也看出来自己班和那些专业的体育生是有差距的，但赵阳眼尖，一看到对方有犯规就喊，手势做得起劲，争取到了好几次球权交换。江浔站着也是站着，就学赵阳做手势。场上比分拉太大后双方都没再拼全力，手上脚上越来越保守，赵阳没发现什么犯规的迹象，江浔却小声地问："他是不是走步了？"

"他又没带着球，怎么走。"赵阳被江浔这问题整得无语了，空手运球给江浔演示真正的走步。江浔似懂非懂地点点头，赵阳闲着也是闲着，就教了他几个裁判手势。这比实际判断简单多了，江浔学会后还自顾自地练习，注意力全在自己手上。赵阳见他这么感兴趣，就问要不要把全场比赛需要的手势也教给他，江浔点头，也笑了起来。刚好被围困到圈外的杨骋看到江浔跟赵阳也能聊得挺开心，他心中那团无名火又生了起来，篮球在出手后没往篮板的地方飞去，而是场外。

江浔正和赵阳说话呢，根本看不到有球朝自己扔过来，他只是突然感受到太阳光线一暗，然后听到一声肉体和篮球碰撞的沉闷响声，等他受惊后往身侧看，夏清泽挡在了自己咫尺的地方。

"……怎么回事啊？"赵阳也没看清到底发生了什么。

"你不是野裁判吗，还问怎么回事，"一个体育生指着夏清泽脚边，挺不能理解的，"这个球出界前我都碰到手了，你怎么还救啊。"

"不救就砸到人了！"说话的是一直在另一片树荫底下看的孟盼兮，"杨骋你什么毛病啊，没看到江浔和赵阳都在篮筐下面吗？"

江浔有点明白了，夏清泽回头看他，问："没事吧？"

与此同时，下课铃也响了，一个个穿白衬衫的学生从各自的教室出来奔向食堂。吃饭要紧，大家也就没在球场上逗留，各自散了。

江浔抱着夏清泽的篮球和他一起去取餐模式类似快餐店的三楼，他手里有东西，不方便拿餐盘，夏清泽就在自己的餐盘里放了两碗饭，菜品选了两人份。结账的时候江浔把自己的饭卡塞给夏清泽，说他请客，夏清泽没拒绝，两人最后找了个靠近冷吹风机的位置面对面而坐。

夏清泽刚运动完，没食欲，就瘫坐在椅子上先看江浔吃。

看着看着他坐正了，凑近问："怎么感觉你要哭了？"

"没啊。"江浔把饭咽下去后吸了吸鼻子，并没有抬头。夏清泽伸手，江浔反应很快地侧脸，不让他碰。

"你怎么老躲我啊，"夏清泽笑，故作虚弱，"我刚帮你挡了个球欸。"

江浔一听，马上就抬头了，夏清泽见他只是脸颊有些被晒红了，也放心了："嗯，还以为你要掉眼泪。"

"我怎么可能为杨骋掉眼泪啊。"江浔脱口而出。

"对啊，"夏清泽立刻接上，"你怎么能因为杨骋不开心呢。"

"我就是想不明白，他为什么还是看我不爽，我到底哪里做错了？"江浔确实泄气，不能理解为什么这个梦境里的杨骋也讨厌他。

"那就不用想啊。"夏清泽说。

"可我就是想知道杨骋为什么……依旧反感我讨厌我。"

"为什么要想那些讨厌你的人呢。"夏清泽苦口婆心地再次劝。

江浔钻牛角尖："那我还能想谁啊？"

夏清泽沉默了，垂眼看篮球砸到校服上留下的并不明显的印子。他当时脑子都没反应过来，身子就冲过去了，就像刚才，他不知道自己该说什么，但他知道他不想再听江浔纠结杨骋这个名字。

夏清泽拿起筷子："先吃饭。"

"哦哦哦。"江浔也往自己碗里夹菜，嘴里塞得鼓鼓的再慢慢嚼。夏清泽从小被教育各种仪态，但他看江浔吃饭没觉得不舒服，反而跟看吃播似的，食欲都比平常好。他看着江浔又吃了一大口，短时间里不可能咽下去，就说："江浔。"

两颊鼓得像小仓鼠的江浔也看着他。

"一个人不喜欢另一个人，什么都可以成为理由。那是别人的问题，你没有做错任何事。"

"你很好，你不需要为了任何人的看法改变你自己，你别忘了你现在才十七岁，你可以做你想做的任何事。"

他想到江浔曾提到的《居山海》的内核，他说："你有只属于你的独一无二的光明前途。"

吃完饭后，江浔和夏清泽回了教室。江浔除了英语什么题都做不来，午休铃一响就趴桌上睡觉了。

但他睡不着，他一闭上眼，就会想到夏清泽帮他挡球，又会想到夏清泽给他加油打气，像个咨询师一样安慰鼓励他。他发现夏清泽真的很适合做心理咨询师，他如果是夏清泽的来访者，肯定也会信任这个克制又温柔、保持距离又不失亲切的人生导师，导师说什么他都好好好。

"同学们。"

江浔听到了声音，便抬起头，文娱委员孟盼兮站在讲台桌前，问："关于《平凡之路》中间的那段间奏，大家还有什么别的提议吗？"

全班一片寂静。安静得江浔还以为大伙儿都睡着了，特意扭头张望了一番。歌唱类的节目是最容易准备的，演唱《平凡之路》就是他们班校庆文艺汇演的节目，当年还得了个二等奖。

不过这个二等奖拿得不算实至名归，他们班五个同学唱得确实还行，但歌曲中间的伴奏他们没有剪辑，演唱者在台上挥手，他们全班在台下挥荧光棒，原本以为会把别班同学都带动起来开手机闪光灯，结果近一分钟的间奏里全场一片黑，场面一度很尴尬。

"有别的想法吗？"孟盼兮再次问，"如果没有的话，我们就用班费买荧光棒了。"

全班继续寂静。这是大家能参加的最后一次校庆，但大部分人都不上台唱歌，自然不感兴趣。但江浔经历过黑海丛中点点荧光棒的尴尬，举手时想的是要不把伴奏剪了吧。

"江浔！"孟盼兮终于看到有人举手，就冲他招手，意思是让江浔站起来说。江浔平时在班里是多边缘化的一个人啊，他都有话说了，其他也有想法的同学自然能被激出表达欲。江浔只能先站着，听一个同学说上吉他架子鼓，另一个说跳段舞，这些建议早些天提都还有可能性，但现在离下星期天的演出只剩几天，实际操作起来都不靠谱。江浔听他们一句两句的，灵机一动，也有了比剪间奏更好的想法。讨论声平息后他开始讲自己的，手上动作也加上了，但表达效果并不好。

"什么……白衣人黑衣人啊？"孟盼兮也没听懂。江浔一紧张，更解释不清了，都想坐回位置上装什么都没说。

而当他低下头，耳边似乎有声音告诉他，你现在才十七岁，你可以做任何你想做的事。

他也听到那个声音说，你现在画的比七年前好。

你在这个时空里拥有无限可能。

"我说不清。"江浔抬起头坦言道，但还没等孟盼兮眼里闪过失落，他就接着说：“我可以在黑板上画。”

江浔走到黑板前，用白粉笔画了两条竖线，表示舞台的侧方后台，然后画了几个垂直于竖线指向舞台正中间的箭头和一个小人。他用红色粉笔画了五六个小人挡在那个白小人面前，说："我们大部分人穿黑色衣服，黑衣人在舞台上来回走，撞同自己反方向的穿白衣服的同学。"

"为什么要这样呢……"江浔面对那么多目光，还是紧张，就背过身在讲台上写下那句歌词——平凡才是唯一的答案。

"但如果平凡真的是唯一的答案，这首歌就不会引起那么多人的共鸣了。不管是什么年纪，我们都不可避免地面临很多困难，就像那些阻挡撞击我们的黑衣服。"江浔圈住那个白粉笔画的小人，将它身上的箭头延续到舞台侧方，说，"但办法总比困难多，白衣代表的就是对梦想的坚持，只要不放弃，就终有一天能抵达彼岸。"

"……那我们，就穿白和黑，在舞台上走一分钟？"祝良发问，"我是观众，我肯定看得云里雾里，体会不到这层寓意啊。"

"穿白衣只是一个笼统的说法，其实可以……"江浔看着他，想到他同学会上的话，突然又有了点子，"比如你，完全可以装扮成漩涡鸣人。"

"哈？"

班里同学的目光瞬间从讲台挪到那人身上，一个女生稀奇地问："你这么大了还看日本动漫啊？"

"这个问题很好。"江浔来劲了，"祝良你信我，你二十五六了都还看火影，以前刷题背景音乐用《青鸟》，以后加班背景音乐也首选《青鸟》。"

"你……"祝良惊了，"你怎么知道的？"

"我猜的。"江浔摆手，"你不想为喜欢的东西正名吗？不是为了告诉大家看动漫的不只'肥宅'还有你这种'学霸'，而是看动漫就是看动漫，跟喜欢看电影追剧一样，就是普普通通的爱好。"

"祝良，"他问，"你不想打破那些偏见吗？"

祝良张着嘴，说不出话，只能扭头看向周围。

"再比如夏清泽，"江浔大着胆子，双手捧向夏清泽坐着的方向，"我们都知道他是学神，市高考状元已经被他内定。我们以前的市状元毕业后都是进投行，一年赚个几百万。但夏清泽没有……"

江浔看着他，眼睛飞快眨了两下："我觉得夏清泽也可以上，谁说成绩好的就一定会读财经管理商科，向钱看齐？夏清泽就成了医生，关爱老百姓们心灵深处的健康。"

夏清泽靠着椅背，听江浔在那儿胡说八道，没忍住笑。杨骋坐不住了，嚷嚷道："怎么就你觉得了？我还觉得你瞎扯呢，夏清泽怎么可能学医——"

"我不要你觉得，我要我觉得！"

江浔话音刚落，全班沉寂了三四秒，然后爆发出如雷的起哄声。夏清泽也给江浔鼓掌："行，我到时候穿件白大褂。"

夏清泽都答应了，这个看似不靠谱的提议就有了可行性。江浔凶完杨骋后简直上头，给班里其他同学也安排得明明白白，这个穿裙子,那个抱篮球,还有程港生。

"程港生,你要不直接穿校服上吧,然后……然后拿本《原子物理学》在手里。"

"我?"程港生指着自己,肩膀缩了缩,退却道,"我就算了吧,我这次排名……"

"你不能算!"江浔撑着讲台,身子都要挂出来了,"你都不知道你以后会多牛,你会考名校,写的论文发SCI、EI、CSSCI。你会跟你那些院士级别的导师一起走在物理最前沿,你是我们所有人里为科研事业做出最大贡献的那一个。"

程港生都听呆了,镜框稍稍划下鼻梁,江浔终于看清了他一直被遮挡的那双眼。

江浔说:"你是脊梁,你不能不上台。"

"……那我们讲些现实的,"杨骋又有话说,"演出的大礼堂可以容纳一千多人,坐在靠后的班级怎么才能看清他手里的书?"

"可以用灯光。我们留两位同学在灯光控制室,专门负责用追光灯照射逆流而上的同学,"站在旁侧的孟盼兮提议,"杨骋,你愿意负责灯控吗?"

"愿意愿意,"坐在前排的赵阳扭头,"灯光室冷气最足,杨骋,我们俩一起去呗。"

杨骋咄咄逼人的气势弱了下来:"那黑衣服……"

"可以用黑斗篷!"又一个同学举手,"我们家开服装厂的,我提供。反正这是我们最后一次校庆演出了,斗篷要多少有多少。"

"那就这么定了。"孟盼兮期待地问江浔，"那你觉得我五年八年以后，会是什么样？"

"你会……"江浔停顿了一下。他并不想说实话，孟盼兮本科毕业后原本想读研，但被父母安排了家乡的文职工作，同学会前刚和一个本地人订婚，那也是父母安排的对象。

"……你会一直温柔善良，"江浔笃定地说，"你以后会很幸福。"

孟盼兮听了，微低着头，嫣然一笑。

到了下午，孟盼兮和江浔在课间继续商量，她说江浔也可以穿校服拿盒彩笔上台。这是个好提议，夏清泽远远地看到他们俩凑一块儿交流，目光挪向了窗外。可没看几秒他又觉得蝉声聒噪，再看向江浔，江浔正说到兴头上，拿着笔的手在空中比画。

他还给孟盼兮画卡通人偶。孟盼兮想要，他就三两下画出来了，孟盼兮很喜欢，传给别人看，传着传着就到了夏清泽手上。孟盼兮走过来拿，问夏清泽可不可爱，夏清泽把画还给她，并做出了中肯的评价。

夏清泽也是从那个中午之后意识到，江浔很受女孩子喜欢。他性格温和，长相干净，还会画画，短短一两天，班里开朗的女孩都找他画卡通人像。

夏清泽坐在奔驰 S600 的后座。车里开足了冷气，他却还是开了窗，任由夏日的暖风吹在自己脸上。

山海市的夜晚并不像一线城市那么五光十色，车水马龙，他们要回的又是闹中取静的别墅区，一路的蝉鸣声都比轮胎声喧嚣。

他进了家门，玄关处有一盏灯在等着他。那是坐在大厅沙发上的用人陈姨留的，见夏清泽回来了，她连忙站起来，肩膀卸了卸，但眉头一直皱着。夏清泽一看她反应就警觉了起来，问："我妈妈怎么了吗？"

"她……"陈姨欲言又止，叹了口气，"您自己去看看吧，清泽。"

陈姨领夏清泽往地下室走，底层是他父亲的酒窖和茶室。陈姨站在楼梯拐角的地方，神色抱歉："您是知道您母亲的脾气的，我……我实在劝不住，也不敢拦。"

"没事，陈姨，"夏清泽朝她安抚一笑，"您也辛苦了，上楼休息吧。"

陈姨微微鞠了个躬，往楼上走。走到拐角处她不放心地回头，夏清泽嘴角还挂着笑，说："交给我吧。"

陈姨"欸"了一声，也想不到别的法子，便离开了。她的身影一消失，夏清泽的笑也消失了。他深吸了一口气，静站了五六秒，然后走完最后的几道台阶。他看到了蒋灵，他那蹲坐在地的母亲留给他一个背影，手边的酒他从未见过。

夏清泽没说话，轻悄悄地走到蒋灵对面，用和她相似的姿势坐下。蒋灵的头侧枕在膝盖上，夏清泽挡住了光线，她也没抬头看他，目光全落在手里的酒瓶子上。她光着脚，穿着吊带丝质睡裙，乌黑柔软的头发没有盘起而是垂落至肩，脸上也没有妆，显然是入睡前突然想到酒窖里有这些酒，她就下来了，喝到了现在。

她还没醉，晃了晃手里杯身精致的一小壶，夏清泽怕她还要继续喝，便从她手里拿过。蒋灵盯着自己空空的掌心，想不明白似的歪了歪脑袋，才看向夏清泽。

"……你回来啦。"她微笑着，呼出的气息有淡淡的酒味。夏清泽将瓶身正对着自己，那上面的日文他认识，意思是樱花。

"你父亲说，是友人送的，他就让司机带回了家。"蒋灵仰头看明晃晃的灯，明明在笑，眼底却湿润了。

"他就带回了家，"蒋灵笑到肩膀都抖了两下，声音颤抖，"他就带回了家。"

"妈……"夏清泽无力地安慰，"爸是无心的。"

蒋灵伸出一根手指，示意夏清泽别再说了。

"我都懂，我懂……他是大忙人，他想不到这些，我懂……"

她渐渐平复了情绪，跟夏清泽讲以前的事："五年前吧，应该是五年前，我带你姐姐去日本参加国际赛。那是春天，奈良的樱花开了，我就想给她拍张在樱花树下的照片，我的樱樱那么漂亮，也就只有这漫山遍野的樱花能和她比。"

蒋灵慢慢地说着，仿佛她的樱樱还活着，一切都历历在目。

"可你姐姐不肯，她和我说，她不想做那树下樱等人来摘，她想做海上鹰振翅高飞，谁都抓不住她。"

蒋灵的眼泪掉了下来，可她还是笑："她那时候就隐隐有些想法了吧，我这个当妈的，我居然没留意到。"

"妈……"夏清泽轻轻地唤，"你恨我好不好？"

蒋灵终于正眼看向自己的儿子。

"你恨我。姐姐那天从疗养院回家后,是我带她出家门的,是我。"夏清泽的手握成拳捶在胸口,"我是她生前见到的最后一个人,我没拦着她,没看住她。你不要再怨你自己,你恨我,好吗?"

蒋灵抬起手,摸上夏清泽的脸,很慢很慢地,从眉毛到下巴。她纤细的手腕无力地搭在儿子肩上,她说:"三年前你和你姐姐差三岁,现在,你们一样大了。"

"妈……"

"怪我。"蒋灵疲惫地笑,"若不是我一定要她进剧院,跳古典芭蕾,跳 Kitri,而是由她去……去跳那些我理解不了的舞蹈,她也不会这样。"

她脸上的笑挂不住了,她还是想不明白:"我的樱樱为什么不爱跳 Kitri 呢,她十二岁就能跳 Kitri 出场的那幕变奏,拿了那么多奖,谁都说她是天才,谁都喜欢她跳 Kitri,为什么就她自己不喜欢呢……"

"哦,我知道了,"她的表情趋于平静,"因为她说她喜欢跳堂吉诃德。她每次上课我都在旁观摩,有一回排练,云依和一个男生跳 Kitri 和 Basile 最后婚礼的那段双人舞,所有老师和舞者都坐在镜子前面观摩,夏樱突然站起来,贴上堂吉诃德的胡子戴上帽子,掺和到他们俩中间。当时我们都在笑,觉得她像个捣蛋鬼。但音乐还在继续,那个男生就往后退了退,由着夏樱代替他完成后半部分的双人舞,最后夏樱单膝跪着,一手捏着牧云依的掌心一手脱帽,文绉绉地说,'我找到你了,我的公主达辛妮亚'。"

"她喜欢跳堂吉诃德，喜欢去找自己的公主，而不是等着别人来拯救。"蒋灵的声音越来越倦，"她、她那天是不是和你说，她想去见她的达辛妮亚，你才给她钥匙的？"

夏清泽沉默。

"所以都怪我，是我没理解她，懂她，"蒋灵抱住自己曲起的小腿，脑袋枕上膝盖，一遍遍地喃喃，"都怪我。"

夏清泽静静地坐着，等到蒋灵闭上眼，他小心翼翼地将人搀起。陈姨没睡，一直在客厅等，见夏清泽上来了，连忙帮着开灯，把人送到二楼的主卧。夏清泽帮她掖好被角，探了探额头的温度，再找出头痛药放在床头柜上。出卧室后陈姨正想先去地下酒窖看看，夏清泽吩咐她泡杯解酒的茶一直温着，酒窖他去收拾。

他找了个纸箱再次下楼，把全部的樱花酒都放进去，出门扔掉。他原本可以一次性全放进垃圾桶的，但他闻着飘散出来的花香和酒味，突然就在旁边的小凉亭里坐下喝。这种花酒度数并不高，灌完蒋灵喝了一半的那瓶后他什么感觉都没有，就把其他的也打开，报复性地不停地灌。第三瓶喝完后他还是很冷静的，但第四瓶的瓶盖他一直打不开。拧着拧着，他突然就把瓷制的酒瓶摔在了地上，酒水溅到他身上，他压抑不住地骂了句。

他重新坐下，双手拄着额头往后捋头发。几分钟后他打开手机的闪光灯照向地面，把碎瓷片一块一块地捡起来，捡到最后他紧紧握住棱角分明的一片，血都滴下来了，他还是丝毫感受不到疼，心中只有挫败。

——这箱七年前并没有出现的酒让夏清泽感受到了很深、

很深的挫败。他原本以为自己面对七年前的蒋灵终于能游刃有余，可一旦夏樱的死不再是心照不宣的秘密，一箱酒就将他打回原形，他依旧无能为力。

他捡完了最后一块瓷片，将纸箱扔掉后没回家，而是继续坐在凉亭。他耳边不只有蝉鸣，还有蛙叫，盛夏的蚊虫似乎都未休息入睡，十点半的绿化区无人散步，相隔甚远的独栋别墅里有灯火和故事，只有他的那个家漆黑一片，而他坐在路灯照不到的小凉亭遥遥相望。

他就这么坐着，坐着，等他回神，那个不知什么时候拨过去的电话已经接通了。对方也沉默着，久久不言语，夏清泽毫不怀疑这样的沉默他能听一整夜，他听到江浔问："有什么事吗？"

夏清泽没回应。他原本以为江浔会挂，但江浔没有。不知道过了多久，江浔问："你不开心吗？"

他依旧沉默，江浔的问题就一个一个抛出来，间隔也越来越短。他问夏清泽回家了吗，在哪里，身边都有谁。他着急了，火急火燎地问："夏清泽，你说话啊，是你给我打电话的啊，你到底在想什么啊？"

"我想见你。"

江浔从床上坐起身，摘掉挂在脑门上的眼罩，攥着被子，身子慢慢往墙上靠。

"……你说什么？"他不确定地再次确认。

"我说我想见你。"那个他再熟悉不过的声音里少了分克制。他清清楚楚听到夏清泽说，"江浔，我想见你。"

堂吉诃德

VIII

她在那个年纪没得选
只能找一片海

His Heart was darker than the starless night

江浔双手插在裤兜,在学校后门口百无聊赖地踢着石子,踢着踢着他一用力,石子蹦得老远蹦到马路上,江浔刚要走过去继续踢,一辆飞驰而来的出租车停在了那个地方。江浔定在原地,看到后车座的人朝他招手,先是愣了一两秒,然后毫不犹豫地跑过去。

"上车。"夏清泽给他开门,江浔坐进去,嗅了嗅鼻子,不确定地问:"你喝酒了?"

"嗯。"夏清泽没瞒着,跟司机师傅说了别墅区的地名,江浔问那是哪儿,夏清泽沉默了片刻,说:"我家。"

江浔问:"那我晚上住哪儿啊?"

"不能住我家吗?"见到江浔,夏清泽终于没那么绷着了,也有些好奇,"我还以为我要进去接你,这么晚了,你是怎么一个人从学校里面出来的?"

"我和楼管阿姨说我家人来接我,然后……"江浔挺不好意思地笑,"然后翻墙。"

夏清泽想了想那个画面,也笑。江浔故作正经:"方法总比困难多呀。"

"那你有没有伤到?"夏清泽要看他的手,结果江浔看到了夏清泽掌心胡乱贴的几张创可贴，眉头瞬间紧皱。

到家后江浔一定要先处理伤口，他就翻出医疗箱给江浔。江浔用镊子夹着棉花蘸上药水消炎的手法很娴熟，还和尚念经似的问了好几遍有没有打过破伤风。夏清泽看着掌心贴得美观整齐的创可贴，问："你以前经常受伤？"

江浔摇摇头："但我爸爸天天和机器打交道，手上胳膊上的擦伤就没停过，还会沾上机油，就……"江浔叹了口气，"一旦感染破伤风，症状不是很可怕吗。但我爸一直不记得上次打疫苗是什么时候，我小的时候就天天提心吊胆，就怕我爸出事。好在这么多年也都没事，没事当然最好……"

他把医疗箱放回原处，重新坐回客厅的地毯上。

夏清泽不说话，江浔就环顾四周，最后仰着头看头顶的白玉吊灯，傻笑着说："你家好大好漂亮啊。"

"那我带你逛逛。"夏清泽站起身，带着江浔先去地下的酒窖茶室，然后再上楼，一直到他的书房，江浔看着近乎被塞满的书架，目光一扫而过，非常凑巧地停留在木心全集上。

他的指尖刚要碰上《云雀叫了一整天》的书脊，夏清泽抽出一本厚厚的相册放到书桌上，问："想看我以前的照片吗？"

江浔还没来得及高兴和惊讶，就听出夏清泽的声音里是有酒的后劲的。他肯定没有醉，但酒精对他确实有影响。他迅速往后翻，停在满是舞台剧照的一页："先给你看我姐姐的。她参加过很多赛事，我妈妈每次都陪着，每次都拍了很多。"

"我知道。"江浔轻声说。

夏清泽看向身边的江浔。

"我以前也搜过你姐姐的名字。"江浔抿了抿嘴,"我还以为她之后没消息了是不再参赛,进剧团了。"

"确实进了,但她一直不喜欢那样的生活,也不想再跳古典芭蕾,和我妈妈的冲突越来越大。"夏清泽把相册翻到最后,那时候的夏樱十八岁,参加人生最后一次国际芭蕾舞比赛,她拿了金奖,但她并不开心。

"她决赛独舞跳的是《艾斯米拉达》,就是舞剧《巴黎圣母院》里的一段,很不凑巧,她当时最具竞争力的外国对手选的也是艾斯米拉达的变奏,她们在技巧上不分伯仲,但最后还是我姐姐赢了。"

夏清泽从相册里拿出其中一张特写照,说:"因为我姐姐的艾斯米拉达掉了一滴泪。"

"你姐姐一定很爱跳舞。"江浔看着定格在照片里的夏樱,她的笑很标准,但她的脸上又挂着一滴泪,那是她自己对这个悲情人物的解读。

"她连走路都没学会,我妈妈就给她订了舞裙,她所有的动作技巧都是我妈妈手把手教的,她怎么能不爱。"夏清泽奖相片往前翻,"但她渐渐有了自己的想法,她想跳现代舞而不是古典舞,我妈妈也不是不答应,但她自编的现代舞更像是……行为艺术。"夏清泽想不到别的表达了,"且越来越丧失技巧性,我妈妈不能接受,就硬要她进剧团,跳古典舞,扮公主、仙女和跳 Kitri。"

"Kitri?"江浔没听懂。

"Kitri 是舞剧《堂吉诃德》里的女主角。"夏清泽翻到相册正中间，满满好几页的照片都是夏樱穿着西班牙风格的红装。他简略地告诉江浔《堂吉诃德》的故事梗概，在舞剧里，堂吉诃德只是个线索人物，他怀揣着当骑士拯救公主的白日梦出发，误以为 Kitri 就是他梦中的公主达辛妮亚，但 Kitri 早就心有所属，并和所爱之人 Basile 终成眷属。舞剧的最终幕为 Kitri 和 Basile 的婚礼，堂吉诃德也出现，并意识到 Kitri 不是他的达辛妮亚，他要重新开始自己的征程。

"这和原著差别很大欸。"江浔说，"原著里，堂吉诃德才是主角。"

"我姐姐也和我妈妈提过这个问题。她很喜欢原著，雄心壮志地说要自己编一出以他为主角的舞剧，她自己再反串跳堂吉诃德。我妈妈就摇头，说这个版本自从 1969 年首演以后经久不衰，五十多年来所有剧院都跳这一个版本。所有女孩子都想跳 Kitri，男孩子跳 Basile，所有人都这么想这么跳，她一个女孩子为什么偏要和别人不一样。"

"可能是因为，堂吉诃德就是这么个活在自己世界里的人吧，世人都道他是疯癫傻瓜，成天做着白日梦，但他是自己世界里的英雄。"江浔想到了陈筠说过的话，不由觉得自己在父母眼里不也是疯疯癫癫的堂吉诃德吗。

"不是说看你的照片吗？"感受到气氛的凝重，江浔换了个话题，但夏清泽翻来翻去，那本相册里除了一年一次的全家福，他的照片几乎没有。江浔问还有别的相册吗，夏清泽摇头，说蒋灵的时间和精力一直放在夏樱身上，夏楼山又常年在外，他的照片很少，很正常，这本相册也是他偷偷放在自己书房的，免得蒋灵看见了睹物思人。

"那你自己有没有留一些啊,比如说别人给你拍的?"

夏清泽摇头:"我没约拍过。"

"不一定要约拍啊,"江浔"啧"了一声,故作老成地拍了拍自己胸脯,"你有没有电脑?你要是想看你的照片,找我真是找对人了。"

夏清泽把书桌抽屉里的电脑拿出来,也给江浔找来适合他手机的充电线,江浔把手机和电脑连上,点开相册,打开其中一个文件夹时还给自己配乐,手一指:"等等,等等——"

夏清泽坐到椅子上,看着一张张自己的照片闪过。有张运动会跳高的抓拍像素明显比其他的都清晰,江浔说这是他在学校摄影协会的官方账号里找到的,而那张他手握奖杯的是一则新闻的配图。还有一些照片清晰度并不高,江浔再三强调他只是在贴吧搜夏清泽的名字,有些帖子里会有别班同学的几张偷拍,初高中都有。

"然后你看到了,就存了一份到自己手机里?"夏清泽还没见过这么多自己的照片,"你从时候开始这么存的?"

"我怎么记得,"江浔含糊道,"这个问题你得去问以前的江浔。"

他把数据线拔掉,那些没保存到电脑上的照片闪退消失。他后腰抵着书桌边缘而站,夏清泽靠着椅背而坐,两人刚好对视。房间里有很淡的墨香,有书房里特有的松木香,以及几乎不可闻的、粘到夏清泽衣服上的花酒香。

江浔从书房出来，去了陈姨收拾好的三楼客房。夏清泽的房间在二楼，洗漱完后他走到阳台，抬头看三楼客房的灯由亮转暗后才回房。

第二天他在夏清泽家吃了早饭，也见到了夏清泽的母亲。江浔当时在喝粥，一见蒋灵坐到自己对面，手特别不争气地一抖，汤匙碰到碗壁。江浔差点脱口而出，叫蒋灵神仙姐姐。好在夏清泽很快也下楼了，他坐在四方餐桌的一边，左边是江浔，右边是蒋灵。

和江浔的家庭氛围不一样，夏家人吃饭是不说话的，等早餐吃完了，蒋灵才说："我们下午去杭市。"

夏清泽看看她，再看看江浔，显然也是刚被通知，觉得突然。

"明天是云依十八岁生日，忘了？"

夏清泽看着蒋灵，胸膛起伏明显。有很长一段时间，牧云依这个名字和夏樱的死一样，都是禁忌。他从来都小心翼翼地不去提，没想到蒋灵会主动提，好像突然想明白了似的。

"两家到底是世交，你父亲说得对，有些人情世故还是要顾及的，我昨晚上想了想，这事确实怨不了别人……"蒋灵的声音多少有些疲惫，"还是去吧。"

夏清泽无言，喉结动了动，看向愣神的江浔。

"怎么了吗？学校里有安排？"蒋灵体贴地问，"我也是一时兴起，你们要是有什么要紧事，就当我什么都没说。"

"没事，妈，我陪你去。"夏清泽看向蒋灵，没提汇演的事，江浔也很识趣地绝口不提。又闲语了片刻后他们也该收拾行李了，江浔就说那他先回学校。蒋灵要司机送他，他摆手摇头，蒋灵笑,让他不要客气。

"仔细想起来,你还是清泽第一个带回家的同学。"蒋灵有些抱歉,"今天招待不周,还请小同学下次再来。"

"嗯,好。"江浔先应着,这样能尽快结束对话。

夏清泽把他送上车,敲车窗让他摇下来,说:"咱们班的节目是倒数第二个,我明天能赶回来。"

"没事儿,换别人上去穿白大褂就成,你别乱了自己的计划,你……"江浔抿着嘴笑,"你多陪陪你妈妈呀。"

"我能赶回来。"夏清泽执意道。

"……好。"江浔的想法跟刚才一样,先答应着,其实没指望夏清泽真的能回来,"那我把白大褂给你留着,夏医生。"

江浔坐着奔驰车回了学校,昏睡一通后就到了第二天。演出就在星期天晚上,有些同学上午就来了教室,到了下午,班里同学都差不多到齐了,大家就在教室里做最后的排练。大部分人披上戴帽的斗篷来来回回地走,那是大流,而那些少数穿着各异的是坚持做自己的,其中最显眼的是祝良,他还真搞到了漩涡鸣人的衣服,江浔在他脸上画猫胡须时杨骋刚好看见了,他打量着江浔,说:"听说夏清泽今天不来。"

江浔画好了,把笔放进盒子,心不在焉道:"应该不来了。"

"那就没人罩着你了。"杨骋走近,挑衅地在江浔耳边轻声说,"我到时候不会给你打光的。"

"随便你。"江浔并不在意,表情没有丝毫起伏,"你对我有意见,想整我,没事儿,你随便来。但你别忘了这个节目是全班所有人的心血，所有人都参与进去了，你心里最好有数。"

他说完，就拿着笔盒和画板头也不回地出了教室，只有杨骋停在原地。他这反应完全不在杨骋的设想之内，也不能说期待听到江浔讨饶乞求吧，但他耳不红脸不白，神色自若，没有争辩、发怒、气急败坏，当真是出乎杨骋的意料，让他突然失去了捉弄的兴趣。

随后赵阳也来了，他们一起去吃了晚饭，然后随班里同学去演出的礼堂。为了保持神秘感，他们班并没有在礼堂的舞台上彩排过，不过同学们走来走去很简单，只要他和赵阳及时把聚光灯打在逆流的人身上即可。

演出很快开始了，有些班级准备得很敷衍，但也有一些很有诚意，比如轮滑、小情景剧，还有乐器演奏。倒数第五个节目演完后，杨骋和赵阳就到了前排的控制区熟悉灯光操控的界面，二班的同学也都从位置上起身往后台走。江浔听到有些班的同学疑惑，还以为他们是要大合唱，程港生比较激动，路过的时候有些结巴地跟他们说，你们就等着看吧。

他们到了后台两侧，江浔也算是这个节目的策划，提醒和他站在同一侧的同学检查衣服和鞋带，别到时候舞台灯灭后看不清，不小心摔了。

他们是下一个节目，此刻正上演的是小提琴独奏《辛德勒的名单》，从江浔站的角度，只能看到演奏者的背影，那位跟他年龄差不多的同学一副大人的扮相，合身的黑西服让他成熟得不像高中生，一盏聚光灯打在他身上，照得他周身的尘埃都在细细地落，慢慢地舞。江浔从收起的一层幕布后面稍稍探出头，发现从舞台上根本看不清观众席，他退了回去，手不知不觉攥上了幕布和兜里的手机，闭上眼假装那小提琴是夏清泽拉的，夏清泽就在身边。

他是被雷动的掌声拉回现实的，没等他彻底回过神，他的肩膀被人一戳。他有些期待地回头，看到的却是化了淡妆穿着一袭白裙的孟盼兮。

她把画板和笔盒递给江浔，江浔接过，心里却还是空落落的。随后主持人介绍借下来的节目是《平凡之路》，此起彼伏的掌声让他没能听到手机的振动。他的神经也绷起来，和半个班的同学站在一块儿，听上台的五名同学独唱再合唱："我曾经像你像他像那野草野花，绝望着，也渴望着，也哭也笑平凡着——"

间奏响起，五名演唱者随着灯光的暗淡往舞台后侧退，与此同时，披着黑斗篷的同学从两侧冲出，往来间很快占据了整个舞台。观众席发出议论声，不知道发生了什么，杨骋控制的聚光灯刚好落在缓缓走出的孟盼兮身上，她低着眉，被碰撞后也没后退。

"祝良也出来了，"杨骋提醒赵阳，"你那边再开一束光追在他身上。"

赵阳比了个"OK"的手势。被聚光灯照亮的漩涡鸣人果不其然引起骚动，赵阳看着祝良边走边做各种忍术手势，不由问："他们在台上是不是被灯照得看不见台下啊？"

"应该吧，所以都放得开——快点快点，"杨骋催，"你那束光照医生。"

"哦哦哦哦，那夏清泽是真的不来了啊，他衣服都被别人穿了。"赵阳看了看时间，觉得有些不对头，"怎么感觉他们走得都好快……"

"快点走，快点！"已经走完的孟盼兮在后台轻声急催。礼堂的舞台显然比他们之前彩排过的任何廊道都长，间奏已经快要结束，他们还有小一半的人没出场，包括程港生和江浔。江浔也着急，就怕程港生没能出场，推了他一把让他直接上台，对面接下来要出场的见状也从幕布后面走出来。

这样一来，台上同时有四五个需要追光的，但聚光灯又只有两盏，赵阳和杨骋的节奏也乱了，不知道把灯打在谁身上，场上走位也越来越仓促和混乱，到最后间奏还有七八秒，没上场的非黑衣人就只剩下江浔。

江浔也有些手忙脚乱，画板没拿，抓着那盒笔就上去了。杨骋还真像他说的那样没给江浔打光，江浔就有些看不清眼前的路，没穿黑斗篷的是会被穿斗篷的撞到的，江浔注意力没集中，被人迎面碰到肩膀后手一抖，间奏中的吟唱完完全全盖住了彩笔散落在地板上的声音。

但那声音被终于赶到后台的夏清泽听到了，他刚才给江浔打过电话，但江浔没接，他怕赶不上节目，就从校门口一路跑到礼堂后台，现下气都还没喘匀。孟盼兮让他别着急，并指向对面白大褂还未脱下的同学，说已经有人替他了，他没有必要再上台。于是他站在幕布后面，看到其中一盏聚光灯即将把一位没穿斗篷的同学送到对面，而本应该落在江浔身上的光却失了方向。江浔僵站着，本应该先往前离开舞台的，毕竟间奏即将结束，可他却固执地蹲下身摸索。

那小小的身影突然让夏清泽想到,他曾说过江浔画画的时候会发光,可惜他自己看不见。

但他现在没有光,只能一个人在最后的黑暗里,孤孤单单地找那些丢失的笔,他终于发现了其中一支,身子往前伸去捡,他握到笔的手被另一个人握住。

就在那一刻,本该属于他的那盏聚光灯终于打在了他以及同样单膝跪着的夏清泽身上。赵阳也把自己控制着的光打在同一个位置,松了一口气道:"你眼神不行啊,现在才追到。"

杨骋不说话,紧攥控制按钮的手最终还是放松开来,一言不发地和赵阳一起给握着同一支笔的江浔和夏清泽打光。

校庆的文艺汇演,准高三(2)班的那段间奏表演因为后程的凌乱而显得无功无过,这个节目和现实中一样,最后拿了个二等奖。散场后离夜自修结束铃响只剩十来分钟了,大部分班级就没组织回教室,而是各回各家。

江浔晚上没休息好,第二天除了物理课强打着精神,其他课全都昏昏欲睡,到了中午他更是一打铃就趴下了。也不知浅憩了多久,他隐隐觉得有目光打在自己身上,不炽烈,很柔和,像晚夏的第一缕秋风,像滚动如极光的晚霞。

于是他揉了揉眼,改成下巴抵着左手手背的姿势,勉强抬起头。夏清泽姿势不变,依旧稳稳地坐在一张搬来的没有靠背的椅子上,就这么静静地看着江浔,眼里有很淡的笑意。江浔扭头看向教室四周,同学们要么趴着休息,要么埋头继续写作业,谁都没注意到第三排的他和夏清泽。

打破空间的静止的是窗外的一袭白裙，那个女孩歪了歪脑袋往教室里看，见江浔醒了，先是好奇地打量，然后绽开很真诚的笑。

"所以你昨天逃了我的生日宴，就是要回这空调都没有的地方做作业？"站在夏清泽左侧的牧云依往前探了探，看着江浔，话又是继续对夏清泽说的，"还有看这位小同学午睡？"

"我不是……小同学。"江浔正要反驳，意识到和夏清泽同岁的牧云依确实比自己年纪大，停顿了一两秒，声音就小了下来，改为自我介绍，"我叫江浔。"

"我叫牧云依，是从杭市来的，我……我再过阵子就去国外的剧团报到了，所以想来看看夏樱的母校，"刚成年的女孩用手肘碰了碰夏清泽的胳膊，"就是她姐姐。"

"嗯嗯，我知道。"江浔点着头，万万没想到在这个梦境里，牧云依真的来了，原因还一样。

"清泽说你对学校比他熟悉，所以就想等你醒过来，问问你愿不愿带我逛——"

"愿意愿意。"江浔怎么能不愿意呢。他们正穿过一个植物园，里面有块一人半高的石头，江浔就介绍起来了，说这块石头是校长从西北那边请过来的，因着形象酷似远眺的长者，所以这块石头的名字叫"好高骛远"。

江浔刚说完，就觉得有些不对劲，但又说不出是哪儿。夏清泽和牧云依也有这种感觉，琢磨着字眼："好高骛远？"

江浔被点醒了，摆手道："不是，不是好高骛远，是高瞻远瞩！我记错了！"

夏清泽笑:"你这要是被孟老师听见了,肯定说你带头浮躁。"

江浔抓了抓头发,三两步走到前面,欲带牧云依去别的地方,远离这块让他出糗的石头。牧云依有备而来,她从包里翻出几张明信片,问江浔这些都是什么地方。

江浔接过,看得出印在上面的照片都是学校的摄影社团拍的,全都是校园里特色的风景,有一张是柿子树,每到十月,学校里十多棵柿子树就都熟了,哪怕"已喷农药切勿采摘"的牌子早早被挂起,还是有不少同学去打柿子,不为吃,就是好玩。

除此之外,校园里还有桃子和石榴,只是数量都没柿子多。江浔和夏清泽带着牧云依从院子绕到校门口,再到小树林,沿着小河最后走到世界地图湖。他们踩在凹凸不平的大面积石块上,站到中国板图的南方地区。

"我们现在在这儿,"牧云依说着,转身往左上方走去,站在了欧洲地区。她看着隔了七八步的江浔和夏清泽,说,"也没有很远嘛。"

"嗯,"夏清泽顿了顿,"现在通信这么方便,只是有时差罢了。"

牧云依垂眼,笑了一下,若有所思地对夏清泽说:"我有东西要给你看。"

江浔能听出潜台词,正想说他有事要离开,不打扰他们,夏清泽扶住他,那意思再明显不过,是说江浔不是外人。牧云依也看出来了,没扭捏地走近,又从包里拿出一张明信片,那张就不是校园风光了,而是欧洲的教堂和街道,夏清泽翻到背后,那里写着：云依，瑞士没有海。

  那是夏樱的笔迹，落款的时间是三年前。彼时她正在洛桑参加比赛，她进了决赛，但并没有上场，决赛的前一晚她和蒋灵起了很大的争执，她一气之下剪了自己的头发。蒋灵连夜带她回国，在疗养院住了三个月后原本以为她的状况已经好转，却不料她依旧在做最后也是最惨烈的反抗。

  "我这次拿了一等奖。"牧云依还是笑，不是因为高兴开心，而是不知道除了笑，她还能做出什么表情。

  "她以前和我说，她不喜欢跳芭蕾，但很喜欢看我跳，那我就一直跳，"牧云依说，"也把她没拿过的奖全都拿个遍，全都送给她。"

  虽是正午，但今日的山海中学罕见地被云笼罩着。牧云依在来的途中看到过超市，就想去买些冷饮，也不需要别人陪。她离开后，坐在石制的地图上的就只有江浔和夏清泽，夏清泽掏出手机，在相册里翻出一张照片给江浔看，那是首手写的诗，字迹是夏樱的，所用的语言江浔并不能看懂。

  "这是你姐姐写给……牧云依的？"江浔不确定地问。

  "嗯，但是她当时还不知道。"

  "什么？"

  "就是在现实世界里，她在十八岁的时候不知道，我姐姐的想法，"夏清泽顿了顿，"她是在之后的日子里慢慢感受出来的，然后在有一天向我求证，才知道我姐姐的意思。那时候我姐姐十八岁，已经考上北市的舞蹈学院，洛桑的比赛是她最后一次参加少年组的赛事，但她不想再跳古典芭蕾了，她……"

"她要不是从小被我母亲倾注了那么多心血，她不会去跳芭蕾。"

夏清泽说："她不爱。"

她只能去寻求某种平衡，在舞蹈、母亲的期望和自我之间，她原本以为现代舞会是更好的出路，但没等到蒋灵慢慢接受这个选择。她的母亲要的是跳 Kitri 的女儿，而不是耽溺于骑士梦的堂吉诃德。

她们发生了母女之间最大的争执。她们经历了几个月的冷战，所有的矛盾都在决赛的前一夜爆发。夏樱说她想染头发，蒋灵就问她，哪个中国芭蕾舞演员的发色不是天然的，除非她不想再上舞台。或许就是这句话刺激到了夏樱，她抄起剪刀，毅然决然地剪掉长及肩胛的黑发。

这样的发型比染烫过的更上不了台，蒋灵觉得她彻底疯魔了，将人带回国，说是治疗，其实是关进了疗养院。那时候夏清泽十五岁，他在那个年纪依旧羡慕自己的姐姐，和姐姐独处的时候他还会傻傻地问，你为什么不喜欢跳芭蕾啊？

你喜欢跳芭蕾，妈妈就会喜欢你、在意你，多好。

"那时候没人理解她，爱她的人只想用爱的名义改变她。"夏清泽攥着那张明信片，语气平淡得像早已懊恼悔恨过无数次，只剩下无奈和寂寥。

"她在那个年纪没得选，只能找一片海。"

江浔看着鲜少弓起背的夏清泽，终于明白了，那天在海边他为什么会失态。

他很困难地、仿佛说出口的每个字都是呕出来似的跟江浔坦言那个星期六的下午。夏樱其实是很精致傲气的，但她那天求她的弟弟把家里外门的钥匙给她，她要去寄一封信，不想借任何人之手。

"我自然是跟着她，全家上下都严令不许她出门，我们就偷偷溜出去，打了辆车去邮局。但她在一个红绿灯口跳车了，我被出租车司机缠着，付钱耽搁了一点儿时间，就再也找不见她的人影，而再相见……"

再相见，就是再也见不到了。

夏清泽深吸了一口气，垂眼看着波澜不惊的湖面，那略染绿意的水面上映着天和云、树和石。湖里有鱼和乌龟，或许是他们坐太久了，一只巴掌大的乌龟在他们正对面的水域里探出头，饶有兴致地等待投喂。

若是平日里见到这场景，江浔早就过去逗弄，但现在他和夏清泽肩膀相靠，分不清是他倚着夏清泽，还是夏清泽离不开他。

太阳从云层里探了出来，阳光大面积地流动着洒下来，又被崭新的云遮住。他们侧着脑袋看着对方，谁都没有说话，都内敛地低了低下颌，江浔视线向下，避着不去看夏清泽的眼。

他们依旧是并排坐的姿势，肩膀并靠着。他们坐在湖上，四周有绿柳和香樟，白墙红砖，再远处是层层叠叠的青山，一望无际的浊海，他们在这天地间并肩，静悄悄地。

没有人看见，除了那只乌龟，它等得不耐烦后"扑通"钻回水里，荡起的涟漪也泛到江浔心里。

✦❀ ･ 八

　　午休结束铃很快就要响了，他们把牧云依送到校门口后回了教室。

　　但之后的几天，江浔总是心不在焉的，心思都放在渺茫的未来上，而无法一心一意地享受当下，与之相比，夏清泽倒显得有几分主动。在餐厅面对面而坐时他会猝不及防地让江浔回神，他们一起走在路上，他的手捏过江浔的脖子，拍过他的肩胛。

　　这些动作在男生之间很常见，但夏清泽明知江浔对各种各样的触碰都警惕，不仅不收敛，还越来越变本加厉，当他想拍江浔时，江浔收手侧身给迎面走来的一位同学让路，低着头，心神不宁。

　　"我不是有意给你甩脸色，"他也对自己这两天的状态心知肚明，也确实想好好跟夏清泽解释，"我就是……"

　　他泄气着，说："就是杨梅要来了。"

　　"……杨梅？"夏清泽一时没听懂。

　　"对啊，"江浔双手十指撑开做出球状，"直径一千多公里的杨梅。"

　　夏清泽当然不信，但江浔一本正经的，居然让他都有些动摇："你确定……有这么大颗的杨梅？"

　　"哎呀，不是吃的杨梅，是代号啊！"江浔眉头紧皱，一着急，字眼都说岔了，"七年前刮得山海市到处都是一片汪洋的杨梅，叫台风啊！"

奇迹再现

IX

他们的灵魂没有被囚禁
他们都是自由的鸟

When I stay with thee,
Wild Nights should be
Our luxury!

  在奶奶出事之前，江浔和无数不从事生产的山海市学生一样对台风并无恐惧，甚至还期盼台风天能停上几天课。

  可自打江浔记事起，他年年能看见台风登陆山海市的预报，那台风也年年在最后关头转移到别处，从未严重到需要停课的程度。所以江浔虽是在沿海地区长大，但他有很长一段时间对台风这一自然灾害不以为意，直到十七岁那年，造成山海市直接经济损失高达20亿，近15万户居民断电的台风"杨梅"登陆。

  这些都是新闻上的数据，对当时的江浔来说，他最直观的感受就是校园里近三分之一的树全被刮得连根拔起，地图湖里的水高涨到没上台阶，以及原定星期五结束的补课也因为天气原因提前到星期四晚——台风是星期五的凌晨正式着陆的，但从星期四的中午开始，风和雨就猛烈而至，到了晚上，给高三（2）班所在教学楼供电的电缆还被刮断了，使得这一楼十二个班享受到了提前出校门回家的待遇。

  但这些人里没有江浔，学校已经下了停课通知，他也和其他住校的学生一样给父母打电话，可江穆似乎很忙，急匆匆地说让江浔在学校里再住一晚，他们明天来接。

  于是江浔就成了他们班唯一一个还住寝室的人，那天晚上他把空调冷气开得很足，但强劲的风几乎是在撞击这座城市的一切，让他彻夜难眠。

而等他第二天给父母打电话，他才知道从家到学校的一段路成了涝区，车开不过来。江浔就又在寝室里待了两个晚上，窗外都出太阳了，他还是一个人，与世隔绝，再打过去的电话父母几乎都没接听，理由是"信号不好"。

那三个日夜最后成了江浔心中的一根刺，深扎到血肉里，不知还要用多少个年月才能释怀。他现在坐在教室里，听着窗外噼里啪啦的雨打树叶声，焦虑到在物理讲义上涂鸦。他画了一叶小船，跟席卷它的海浪相比，那艘船实在是太渺小了，只能听天由命。

他抬头看黑板，那上面写着各科的暑假作业，讲台上空无一人。他记得今天是孟嘉腊值班，孟老师显然对自己班的学生很放心，所以没在夜自修时来教室。江浔百无聊赖地把作业抄到笔记本里，写着写着，又开始乱涂乱画。这次他画了艘大船，但那似乎不是大小的问题，班里带智能手机的同学实时通报过，海上风速已达12级，所有东海渔船都需回港避风。

他越画越潦草，那浪也掀起来打得渔船跌晃。突然地，一根大竹子被一劲强风拍打在窗上发出响动，大家纷纷往窗户的方向看，趁机发出躁动，江浔的注意力还在画纸上，但身子明显地一抖，差点没拿稳笔。呆坐了五六秒后，他把在裤兜里振动的手机掏出来放在抽屉处，点开那条及时的短信，那上面写着：要不要坐过来？

江浔挺了挺背，不是很自然地扭头，夏清泽的目光穿过那些被竹子和风吸引注意力的同学，落在他身上。

江浔咬了一下唇，坐姿端正，只是双手放在桌下打九宫格，在把"不用"两个字发出去之前，他听到椅子落地的声音，再抬眼，夏清泽坐到了他身边。

"这道题……"夏清泽装模作样地给他讲物理题，一只手拿着根自动笔，在讲义上圈画，另一只手悄无声息地将他的诺基亚砖块机放进抽屉。

他嘴上讲着公式，一本正经不苟言笑。江浔什么都听不进去，看了看墙上挂着的时钟，忐忑地说："快停电了。"

现在是七点二十七，离江浔记忆里的黑暗时刻还有一分钟不到。夏清泽却跟没听到似的，依旧小声地说每个选项的知识点，这里的数字容易错，那里的概念容易混淆。江浔便不说话了，就光看夏清泽，看着看着就想笑，鼻子也不知为何泛着酸。

他没有记错，当分针划过"7"，教室里的灯突然就全灭了。

班长摸着黑上台组织同学保持安静，但还是有人溜出去探明情况，回来后跟大家伙汇报，说只有他们这栋楼没电。这就有意思了，讨论声也嘈杂起来，班长用课本重重地砸讲台，大声道："大家安静，我们是尖子班，要做纪律表率。"

"表什么率啊，"黑暗里有个声音说，"都停电了啊！"

"大家别吵！"班长又砸了两下桌子，嗓门放大，"孟老师现在肯定正从办公室里出来，大家不要浮躁！"

班长都把孟嘉腊搬出来了，大家伙自然悻悻不太敢造次。而当大家都安静下来时，他们意外地听清其他班的嘈杂声，包括一班的,有个同学五音不全地来了一句:"来呀,造作啊——"

二班正乖乖坐着的同学们哄笑,江浔也笑,不自觉地扣住夏清泽。有人提议说我们也唱歌吧,班长敲了五六下讲台,嗓子都喊哑了,才让教室重新陷入安静。但这短暂的安静显然是为风暴做准备的,果不其然,一个声音打破这平静:"就像阳光穿过黑夜。"

意料之外的,班里这次真的陷入寂静。没有人笑,没有人起哄、议论,好像夏清泽那句歌词是句暗号,不是谁都能接的。

他们也很惊讶,穿过黑暗看向夏清泽,三四秒后,他身边的人打破沉寂:"黎明悄悄划过天边。"

他们都没太在调子上,一个人的声音又是单薄的,于是他们合起来,在对视中念白似的唱第三句:"谁的身影穿梭轮回间。"

他们继续唱,不同于原曲的高昂亢奋,他们把调子拉长,听着更像是抒情歌。唱着唱着,就有人加入了,等到了高潮部分"新的风暴已经出现,怎么能够停滞不前……",大半个班的同学都哼唱起来,最后那句"奇迹一定会出现"更是响亮,延长的尾音能和风雨抗衡。

唱完一遍后,大家都乐了:"夏清泽,你带头浮躁!"

夏清泽不反驳,掏出手机,从音乐列表里点开《迪迦奥特曼》的那首中文主题曲《奇迹再现》,把音量开到最大,班长都哑着声音说"我的天"了,大家笑着,欢呼着,从椅子上站起来坐到课桌上,跟着音乐齐唱:"就像阳光穿过黑夜——"

窗外的竹林被狂风席卷,它们是山海中学最高的植物,但等台风过境，它们比粗壮的绿柳香樟都来得坚韧，哪怕斜倒，也依旧扎根于地下。

"未来的路就在脚下，不要悲伤不要害怕，充满信心期盼着明天——"

他们毫无章法的歌声聚拢到一块儿，没被风吹散的那部分传遍整栋漆黑的教学楼。又有人加入了，这首陪伴无数人童年的歌曲里有无数人的共鸣，就连没停电的教学楼里也有了歌声。

"新的风暴已经出现，怎么能够停滞不前，穿越时空竭尽全力，我会来到你身边——"

只有手机闪光灯照射的黑暗教室里，赵阳把篮球抱到怀里，程港生推了推眼镜，孟盼兮用手机录像，祝良拉开书包拉链，里面还放着漩涡鸣人的护额。江浔的手终于热了，但夏清泽还是没松开，杨骋看着两人的背影越靠越近，很轻很轻地唱："微笑面对危险，梦想成真不会遥远。"

"鼓起勇气，坚定向前，奇迹一定会出现——"

孟嘉腊和一众老师赶到办公楼和教学楼的走廊时，正好听见学生们唱最后一句。原本以为他们会消停，没想到紧接着，他们又开始唱开头的"就像阳光穿过黑夜"。孟嘉腊不由停下了脚步，手不自觉地张开，把后来的老师也都挡住了。走廊不窄，可这风太大，他们再不后退或上前，被打湿的就不只是裤脚了。

"孟老师，您……"一个老师焦灼道，"不能再让孩子们唱了，这、这再唱下去，就是教学事故了啊。"

"是啊孟老师，孟老师……"

"让孩子们唱。"孟嘉腊说。

"孟老师，这怎么能……"

"先回去吧。"原本在教学楼里巡视的陈旗迎面朝他们走过来，"让孩子们唱！"

校长都发话了，十几个老师便都往后面退，他们正前方的那栋教学楼灯火通明，那栋教学楼里的同学都在满怀真情地唱："梦想成真不会遥远。"

"这些孩子，主意还真大。"陈旗笑着，没和其他老师一样录像，而是专心致志地看着，听着，享受着。孟嘉腊就站在他旁边，两个都到快退休年纪的老教师在这一刻感同身受："是啊，他们到底是关不住的。"

他们的灵魂没有被囚禁。

他们都是自由的鸟。

夏清和江浔两人合撑一把伞往校门口走。

但这风雨太过猛烈，等他们上了车，身上的雨水全蹭到真皮坐垫上。夏清泽和司机说了江浔家的地址，江浔见司机正打开车载导航，连忙说了个更具识别度的位置，说把他送到那儿就成。

司机叔叔的手不由停了停，正犹豫到底听谁的，他抬头看到后视镜里夏清泽不容置疑的神情，低眼把地址输进去。江浔还想争取，夏清泽抹了抹脸上的雨水，说真怕麻烦，就直接去他家住。

江浔闭嘴了，在车里安安静静地坐着。半个小时后，奔驰车驶到他家门口，那是一栋村里的老洋楼，三层高，没一层亮着灯。不仅如此，江浔家的车也没停在门口，这意味着他父母全都不在家。

"钥匙带了吗？"夏清泽问他。江浔往书包里一摸，什么都没摸到，还是说带了。他迅速下车走到门口，装模作样地开了两分钟门锁，最后还是乖乖回到了一直停着没驶离的奔驰车里。他给父母打了电话，得知他们还在工业区的厂房没回来，他原本想在家门口等，夏清泽让司机往不远处的工业区开。

此时，路上除了呼啸的风和两侧摇曳的树没多少车辆，更别提行人，但原本应该歇业的工业区却灯火通明，所有人都没撑伞，而是背着装满货物的大塑料袋上上下下，往来匆匆。

江浔很少来这儿，不知道发生了什么，但他很快就在人群里看到了江穆，江穆也没料到儿子会回来，放下装着鞋跟的袋子走到江浔窗前，脸上身上淌满汗和雨水。

他弯下腰，和车里坐着的司机和夏清泽说谢谢，然后问江浔："怎么不回家？"

"钥匙没带。"江浔顿了顿，问，"你们在搬什么啊？"

"都是地下室仓库的货，这次台风来得太猛，地下室万一被淹就麻烦了。"江穆把一串湿漉漉的钥匙放到江浔手里，"你先回家。"他再次弯腰，万分感激道："谢谢你们送我儿子回来，谢谢，谢谢。"

他说完，就急急忙忙继续去搬东西，江浔看着父亲的背影，握紧了那串钥匙，一言不发地下车，也去帮忙。夏清泽也跟着下车了，接过对于江浔的身板而言过于沉重的塑料袋。江浔怎敢劳驾夏少爷做这种粗活，夏清泽反倒把他支向办公室，说："去帮你妈妈吧。"

江浔于是跑过去，正在堵天花板的陈筠看到儿子来了，又惊又喜，差点从叠着的椅子上跌下来。江浔帮她扶住，目光扫过办公桌上的一个花瓶，那里面有两株万年青，以及一朵久置到绒面破碎露出钢丝的假花，江浔看着眼熟，陈筠笑着，说那是他小学三年级时亲手做的，她一直留着。

他们在实在堵不上的裂缝下放上脸盆，再把账本发货单等重要的文件都塞进柜箱，防止被打湿。办公室里忙活完后，地下仓库里的货物也差不多都堆到了二楼车间，江浔站在厂房内往雨里看，那里没有停着奔驰车。

"我让司机先回去了，"夏清泽说，"这天气，都想早点回家的。"

江浔看着从发根湿到脚底的夏清泽，问不出他该如何回去的话，总觉得这么说像是在赶他，特别忘恩负义，便询问："要不要先在我家住一晚？"

夏清泽笑着往脑后捋了捋头发，似乎就是在等这一句。回家的路上江穆开车，坐在副驾的陈筠一口一个"小同学"叫得特别亲，到家后一上楼就煮可乐姜汤。江浔都听得不好意思了，陈筠收敛不住，叨叨地说这是儿子第一次带同学回家，还帮了大忙，她一定要热情招待。

姜汤煮好后夏清泽也从浴室里出来了，江穆的衣服在他身上还挺合身，陈筠忙不迭地去给他拿吹风机，厨房里一时间只剩下江浔和夏清泽。

江浔在自个儿家里很随意，习惯性地屈腿盘坐在凳上，双手捧着热气腾腾的姜茶碗,若有所思地小口喝着。夏清泽伸手在他眼前晃了晃,江浔眼眸闪了闪,声调绵长:"原来他们那时候没来接我,是真的很忙,什么都顾不上。"

风雨猖狂,但天还是热的,一碗姜茶见底,江浔鼻尖沁出了汗。陈筠拿着吹风机回来了,走到冰箱前兴致勃勃地打开,定了定,略遗憾地"哎哟"了一声。

"怎么了?"江浔放下碗走过去站在陈筠身侧,顺着她的目光往冰箱里看,那里有一篮杨梅,个个都有乒乓球那么大,但可惜的是最上层的那几个都起了白霉,是放得太久的缘故。

"这是咱们邻居亲自开车去产地摘的,正宗东魁杨梅。她买来是送人的,没多少剩下的,我们就问她买了最后一篮,等着你回来吃。"陈筠把杨梅从冰箱里拿出来,放在水槽边,把发白霉的挑掉,拣出品相好的放水槽里洗。江浔问她为什么明知留不住还不自己吃,陈筠笑,说要不是惦记着江浔,他们才舍不得买这么好的杨梅。

陈筠把半碗杨梅放上桌,坐在两人对面看他们吃,自己一个都没碰。夏清泽说要给叔叔留一点,陈筠让他别客气,说江穆和她一样,都不爱吃杨梅。江浔若真是十七岁可能还真信了,但现在的他并不是那个幼稚的高中生了,他当然知道这么美味的杨梅没有人会不爱。

他和夏清泽一样只吃了几颗,剩下的说什么都不碰了,留给陈筠和江穆。陈筠推托着不吃,江浔就揉眼睛装困,说自己要回房间睡觉。

"那快回去休息。"陈筠不强求他了,给夏清泽安排好客房后便去休息了。

半夜，江浔是被热醒的。

他反手摸自己后背，有层细细的薄汗黏着皮肤，他又迷迷糊糊地睡了过去，再睁开眼，天已大亮。台风过境后是个艳阳天，江浔在房间里都能感受到室外的高温，身子并不干爽。他摸到放在床头的空调遥控器，想把温度调低，摁了两下没听到"滴"声后他才意识到，家里停电了。

他从床上爬起来，走到阳台往外看，视野可及之处的电缆都有不同程度的损坏，耳边也传来陌生又熟悉的发动机声——江浔记得自己小时候的夏天经常停电，家家户户都有小型发电机，但随着生活水平的提高，上一次停电都是他读小学时的事情了。

江浔呆愣着，还没完全接受整个村庄都停电的事实。他记得自己没回家住学校的那几天，一个人是孤独了点，但城区的供电在台风过境后就马上恢复了，信号也没受影响，他一直给家里人打电话，但他们都不接。

江浔重新回到卧室内，拿起他的砖块机发信息给奶奶，但每次都显示"发送失败"，他的脸凑近后，看着左上角的"无服务"艰难地变成一格信号，转瞬又变回"无服务"。

哦……江浔看着手机，于七年后恍然明了，原来那时候他的电话无人接听，不是因为父母不在乎，而是真的联系不上。

他去客房叫夏清泽起床，心里想着信号和空调。

夏清泽刚醒，睁开眼，问："怎么这么热？"

"因为停电了。"江浔说完后去换了衣服。等他再回到房间，夏清泽也穿好他父亲的衣服，两人一起走到厨房，桌上放着两碗鸡蛋桂圆汤和昨天没吃完的杨梅。

那就是他们的早饭了，吃完后江浔洗了碗，站在厨房的窗前看后面的农田，一脸错愕。桑田是真的能变沧海的，头顶的太阳高照，晴空万里好像什么都没发生，但目光往下，就会看到浊黄的河水淹没翠绿的庄稼。江浔记得最远那一块种的是葡萄，他经常去买，那里的塑料大棚全都被打翻了，损失肯定很惨重。

这让他想到工业区里的大棚。工业用地寸土寸金，江浔父母租得起的面积有限，就在后方的空地用钢管和布料盖了个很简易的小仓库，地下室的货物要是放不下了就会放那儿。这种构造是扛不了台风的，等江浔和夏清泽赶到工业区，江穆正站在挂梯上重新接被风刮断的钢管，挥汗如雨，暴露在阳光底下的皮肤被晒得红到发紫，厂里的其他几个员工也好不到哪儿去，被汗浸湿的衣服全都能拧出水。江浔心疼了，顺着梯子往上爬要去帮忙，江穆赶他下去，说这样危险。

于是江浔去给忙活的大家伙儿买水和冷饮。超市也没能幸免，棒冰冰激淋全都化得没了形，江浔就买了一大袋矿泉水和冰红茶。等他回来，夏清泽不知什么时候站到江穆边上，他们配合得还挺默契，跟搭建帐篷似的一个弄骨架，另一个整理帐面。江浔就在底下捡垃圾，和其他员工一起把一部分货物搬回到没有被淹的地下室。他体力还是差，搬了没几包手臂内侧就会抖，腰背也酸胀，但还是坚持着不去休息，他一想到江穆和夏清泽都在太阳底下暴晒，他就没心思坐到阴凉的地方。

忙活到中午，江穆热得没胃口，回家后倒头就睡。人是铁饭是钢，总要吃点东西，江浔就到房间里叫江穆。

可他坐在床沿，低头看着他爸那张疲惫的脸，怎么都舍不得发出声音打扰。江穆睡得浅，睁眼时眼角的皱纹特别明显，他累得不想说话，摆了两下手，意思是不吃了。江浔坐到地板上和江穆平视，江穆摸儿子的头发，哑着嗓子笑道："你这会儿要是在学校该多好啊。"

江浔眼眶红了。

"你要是在学校，寝室里还有空调，多舒服。你在家简直遭罪。"

"不遭罪。"江浔吸了吸鼻子，"我都没帮上什么忙。"

"下午别带你那同学来工业区了，他父母要是知道他大热天在咱们家干粗活，肯定会心疼的。"江穆拉开床头柜，里面有些现金，他没数，全部都塞给江浔，"你把这些都给你那同学，咱们不能让他白忙活。"

"爸！"江浔把钱放回去，江穆不好意思地笑，说："给钱是挺俗的，但是……但是爸爸就是想谢谢他。"

"知道了，"江浔轻声应道，"我会好好谢他的。"

"下午别再来了，"江穆再次叮嘱，"你们好好读书就成，这些事情不用你们做，你……"

他看着江浔一脸不乐意也不答应，料定他固执得还会来，就给他找事情做："你记不记得小时候我带你去捉鱼，经常放鱼笼的那几个地方？"

江浔点头。

"我昨天下午也在那些地方放了鱼笼，台风天河水涨得厉害，收获肯定不少，"江穆笑，"你那同学一看就是城里生城里长的，你带他去乡野里看看吧。"

江浔阖上了房门，不再打扰江穆睡觉。他去了夏清泽的房间，刚洗完澡的夏清泽靠在床头，手一招，江浔就坐到了他边上。

"和你爸爸都聊什么了？"夏清泽问。

"啊……"江浔如实道，"他让我好好谢谢你。"

夏清泽笑："那你想好怎么谢了吗？"

"我下午带你去抓鱼！"江浔借花献佛，"你肯定没体验过。"

夏清泽确实没体验过，很感兴趣。他们睡到下午四点，等太阳没那么猛烈，江浔提着个塑料水桶领夏清泽到后门，那条通往河流的小径还没完全被淹，尽头拴了艘只够坐两个人的小木船。江浔熟练地划桨，跟夏清泽说这艘船有些年头了，他们家小时候有两只大白鹅，他爸爸就会每天早上带他去河里摸螺蛳，敲碎了给大白鹅吃。

"那后来呢？"夏清泽被太阳照得眯眼，岸边探出头的杂草划过他的手臂，痒痒的。

"后来鹅被隔壁的大狼狗吃掉了。我爸妈怕我伤心，骗我说飞走了。"江浔摇摇头，"我那时候都得十岁了吧，他们还把我当小孩子。"

他停桨，跪坐在船上，拉一根系在岸边的绳子。拉了几把后他感受到重量，眼睛都亮了。笼子浮出水面后夏清泽帮他一起拖到船上，那里面有七八条活蹦乱跳的鲫鱼，其中一条鳞片金黄。

"是鲤鱼！"江浔乐了，紧接着去找第二个第三个鱼笼，里面有更大的鲫鱼，还有黄桑、泥鳅，第四个鱼笼里居然还有只乌龟。

"应该是被寺庙放生的。"江浔指那只乌龟和那条鲤鱼，嘚瑟地笑，"我们今天捕到宝了！"

他们把鱼全都倒到塑料桶里，江浔抱着那只桶，连"这天真好"都说出了口。河流连通庄稼农田，江浔准备把小船划回去了，他听到岸边有议论声。江浔抬头，才发现自己已经到了葡萄地旁，卖葡萄的老板娘见他眼熟，跟他打了声招呼，指着自个儿脚边的一箩筐葡萄，问江浔要不要。

"都落水了，卖不出去了。"老板娘勉强地笑，"你要是不嫌弃，免费送给你。"

江浔仰头看着站在岸边浑身泥泞的老板娘，这回没本能地拒绝。他沉默的空当里，有路过的人问老板娘这几天葡萄会不会便宜卖，老板娘大着嗓门说她从早忙活到现在，饭都没吃上一口，还卖什么葡萄。

"……那我用鱼跟您换。"江浔倒了半桶鲫鱼到鱼笼里，从老板娘那儿接过那筐葡萄。那葡萄卖相还算好，但到家后陈筠看到了还是很嫌弃，边吃边数落这些落水葡萄脏，然后再剥开一个塞嘴里，说味道一点儿也不好……

那天晚上陈筠烧了好几盆鲫鱼做菜，鲤鱼和乌龟则被养在一个剪掉口子的大塑料瓶里。太阳落山了，还没恢复供电的村子一片漆黑，江浔在自己房间里的小桌子上点了蜡烛，然后坐在桌前隔着瓶身看里面的鱼和乌龟。

透过塑料瓶身的过滤，洒在水里的烛光变成了橙红色，连带着那条鱼都虚幻了起来。江浔目不转睛地看它鳞片上的色彩，那些流动的斑斓于他而言灿烂得像另一个世界。也不知道看了多久，光线被一个黑影遮挡又重现，夏清泽坐到了他对面，手边放着又一根蜡烛，火焰跳动着，红艳而柔和。

这让塑料瓶四周的光源都充足，那条鲤鱼被照得更灵动，鱼尾摆过，江浔透过温暖的橙和黄看到了对面的夏清泽，瓶身上往里凹的花纹扭曲了他的脸，唯有那双眼依旧澄澈。看着看着，江浔歪出的脑袋枕在手臂上，另一只手的食指和中指指尖点在桌面上做行走状，然后慢慢地，一步步往夏清泽的方向走去。

乌龟探出了头，鲤鱼扇动鱼鳍吐了个泡泡，不识人间烟火的小动物毫不避讳地看着那两个人，他们的影子被拉得很长、很长，直到房间的角落，整个空间的尽头。

曾经只能抬头仰望的月亮在触手可及之处。

夜深了，两人各自回房休息，蜡烛已经被吹灭了，只有皎白的月光透进江浔的房间里。江浔盖着薄被，小幅度地扭转身子仰躺，又侧躺回去，如此几番后决定起身去找夏清泽。

夏清泽睁开了眼，揉他的肩膀，问："睡不着吗？"

"吵到你了吗？"江浔问。

夏清泽摇头，又捏了一下江浔胳膊内侧的软肉，江浔没克制住短促地叫了一声。

"肌肉开始疼了？"

江浔点头，他白天搬的货物不算多，但运动量于他平日里而言肯定是超标的，到晚上肌肉开始酸痛很正常，再加上天热没空调，睡的又是并不柔软的藤床，江浔骨头都被硌疼了，当然睡不着。

"那要不要换张软的？"夏清泽给他出主意，"席梦思有吗？"

江浔摇头："我们家都睡藤板床，只有我爸妈房间的放了乳胶床垫，那个对我爸脊椎好。"

"那你去和你爸妈睡？"

"怎么可能，"江浔马上就否决了，"我都多大的人了我还跟他们睡一张床。"

"不管多大，你都是他们儿子啊。"夏清泽推推江浔，对他说，"去吧。"

江浔哭笑不得，抱着自己的枕头出了房间上了三楼。他父母都累了一天，各占床两侧仰躺着，中间刚好有空位，江浔便把枕头放那儿，皮肤贴上隔着乳胶的凉席，后背的酸胀果然有所缓解。江浔父母也迷迷糊糊地醒过来，哼着鼻音问江浔怎么了，江浔就说想睡软的床，他们"哦"了一声，又睡过去，但手却跟条件反射似的摸儿子的头发，揉着揉着，老夫老妻的手在江浔头顶上方碰到了一起。江浔看着天花板，感受父母的小动作，思维越来越清醒，等他们的呼吸都平稳匀畅，江浔枕头都没拿，蹑手蹑脚地溜下床，轻扣上父母卧室的门，跳着台阶跑到二楼。

站在夏清泽房间门前，江浔平复好呼吸，拧开把手摸黑进去。夏清泽感受到动静睁开眼，含糊地问："怎么回来了？"

"因为想陪你。"江浔想到隔着一个天花板的父母,声音清清明明。

从来没有人这么直白地和夏清泽谈及陪伴,夏清泽睁开了眼,看向江浔。

"我想回家了。"江浔带着鼻音,"回真正的家。"

"好。"虽然不知道该怎么回去,夏清泽还是毫不犹豫地答应。

"想回家过年。"江浔把脑袋低下去。

"好。"夏清泽说,"我带你回家过年。"

"想吃我妈妈做的红烧肉,"江浔闷闷地笑,"虽然做得没奶奶好吃,但是……"

但是我真的好想她和爸爸啊。

"好。"夏清泽的答案一直没有变,和江浔相望的姿势没有分毫的改变。房间里静悄悄的,月光洒进来落在桌上的塑料桶里,那条鲤鱼摆了个尾,吐出个泡泡,那泡泡是金色的,缓缓上升就要浮出水面,那只蹲在河底一直一动不动的乌龟探出了头,后腿一蹬,在泡泡接触空气即将破碎的瞬间将它吃掉。

我也是我

X

我从始至终想成为的
从来都只是我自己啊

You were your self

　　江浔坐在餐桌前，伸向那盘红烧肉的筷子停在半空，他轻不可闻地叹了口气，收回手继续往嘴里扒白饭。坐在他两侧的江穆和陈筠虽说没明晃晃地盯着他，但余光一直往儿子这边瞥，现在看到江浔食不知味的样儿，一直没放妥的心又提了起来。

　　"太油了吗？"陈筠作势要给江浔舀勺番茄鸡蛋汤，给他解解腻。江浔叫了她一声"妈"，说："我不吃虾皮。"

　　陈筠不自然地干笑一声，本想给江浔舀一勺没虾皮的清汤，那汤被她搅和了两下，她还是将汤勺放回了原处，继续默默地吃饭。江浔是大年二十九回来的，送他来的人是夏清泽，陈筠客套地留他吃饭，夏清泽婉拒，说母亲已经从北市回来了，他也赶着回去。离开前他当着陈筠的面问江浔节假日是否有安排，陈筠比江浔主动，说没什么亲戚要走动。

　　夏清泽是陈筠知道的江浔为数不多的朋友里最优质的，她巴不得儿子天天跟着夏清泽混，以后也多些门路。他们约了个时间再见面，然后夏清泽就走了，江浔的心情原本很不错，陈筠问什么他都会给出回应，但问着问着，陈筠不停提及夏清泽，以过来人的经验指导江浔该如何好好经营这段来之不易的友谊。

　　江浔的好心情就这么被陈筠的人生经验逐渐消磨殆尽，又变回沉默寡言的状态。如果说江浔的沉默是性格使然,那么意识到儿子并不开心的陈筠从年三十到大年初二的每顿饭都不主动开口,就真的是有太多话想说,又全都说不出口。

她那么积极地把儿子推给夏清泽也是有原因的,那天夏清泽在医院给了她很多建议,说原本就不紧密的亲子关系不能急于求成。于是她买了很多像《如何和孩子好好说话》《做好妈妈什么年纪都不晚》之类的书。她没上过几年学,看书特别慢,但还是抽出时间把其中一本看完了。得知江浔愿意回家过除夕后她特别高兴,求夸奖似的展示给儿子看她的改变,但江浔翻了翻那些书,表情又好气又好笑,让她别再买这些书。

然后江浔帮她一起做除夕宴。江浔不会做饭,只能在一旁择菜洗盘,她不由叨叨起来,说虽然是男孩子,几个家常菜还是要会做的,毕竟是一个人在外……她说着说着,就提到他们托了好几个关系才给江浔安排的一份工作。

她原本只是想试探一下,也是征求江浔的意见,但江浔显然对他们的安排很生气,电视机里的春节联欢晚会一片欢声笑语,他们这个三口之家却充斥着无法忽略的尴尬。到最后江穆实在看不下去了,拿出威严的姿态,质问江浔摆脸色给谁看。江浔依旧没有笑,又吃了几口菜后就主动洗碗和收拾,江穆不由有些愠怒,问他能不能开心点,江浔顶嘴,说那就别不支持他做动画,他做动画的时候才开心。

原本应该热热闹闹团结美满的除夕宴不欢而散。

那天晚上江穆和陈筠都失眠了,一是因为窗外的鞭炮声没停过;二是他们满脑子都装着江浔。江穆也有点想明白了,江浔那不能算是顶嘴，他是在实话实说。

他们决定换个策略，想找个时间跟江浔有一个心与心的交流。江穆嘴拙，这个任务自然是落在能说会道的陈筠身上。陈筠也做了些功课，她记不清儿子在吃食上有什么忌口，但他看过的书全都在小书房里摆着，那个荷兰画家她也眼熟了起来。她抽出其中一本画册，抱在怀里，做了个深呼吸后敲江浔的门。五六秒钟后江浔不情不愿地把门打开，站在门前，看向陈筠的眼神里多少有些戒备。

当他的目光向下看到陈筠手里的书，他的急躁很快就消退，继而变成疑惑。陈筠逮住机会从江浔身侧闪进屋，跟江浔说："妈妈最近也在看凡·高的传记呢。"

"哦。"江浔抬了抬眉毛，不是很相信。陈筠坐到他散落着画笔和稿纸的小桌子前，正事都在嘴边了，她开口时却说："怎么这么乱，妈妈先帮你把桌子理一理吧。"

"别动我东西。"江浔把稿纸都揽到桌子的一边，不耐烦地看着陈筠，好像如果陈筠指责和教训他，他就抱着这在别人眼里是破烂的玩意儿直接离家出走。

陈筠也是怕了，拿手机的手攥得很紧。好一会儿，她才翻出一个微信公众号里的文章给江浔看，江浔看到标题《他的作品价值连城，生前却穷困潦倒，死于抑郁》，按捺住翻白眼的冲动，一目十行地看完那篇为了点击量把人血馒头吃到凡·高头上的文章，江浔把手机还给陈筠，心里五味杂陈到不想解释。

他用指头蹭了蹭鼻子，不说话，干站着，就等陈筠从他房间离开，他好继续画画。但陈筠依旧坐着，手掌抚过画册的封面，翻到其中一页问江浔:"那你能不能和妈妈说说,他为什么……"

陈筠咽了口唾沫,把"自杀"两个字吞了回去。她弓着背,脖子却缩着,她是一个在丈夫面前都雷厉风行的女人,此刻却流露出示弱和讨好的姿态,或者说,在寻求一种平等的交流方式。她的态度和让步江浔也感受到了,脸还是板着,但他僵站了几秒后就坐到陈筠边上,把画册翻到那张最知名的自画像,说:"如果你想知道真正的原因,别看那些公众号,去书房里找一本凡·高和他弟弟的书信集,里面记录了那段时间到底发生了什么。当时他和他的好朋友,另一个画家高更在一个小镇一起工作了几个月,凡·高很……"

江浔斟酌地说了好几个词,把"倾慕""崇拜""喜欢"都加到高更这个名字前面。他给陈筠看另一幅久负盛名的《向日葵》,说这幅画就是凡·高为了欢迎高更的到来而画的,那幅耳熟能详的《房间》,就是当时他和高更的住处。

他没有提印象派,也没有具体讲高更是个怎么样的人,但陈筠的眼神还是越来越迷茫,江浔没办法,只能类比道:"你就想象他们两个是中国的李白和杜甫,他们都才华横溢,才情超越了时代,他们惺惺相惜。"

陈筠并不干脆地点了一下头。

江浔把画册往后面翻,给陈筠看《星空》《杏树》,除了阴暗的《麦田群鸦》,他生命最后两年的作品中的颜色依旧温暖灵动得让人一看就知道这是凡·高画的。

"很多人以为《麦田群鸦》是他最后一幅画,并不明亮的色彩暗示他痛苦的精神世界,但事实上,他最后一幅画是未完成的、象征希望和生命力的《树根》。"

"他没画完吗?"陈筠问,"他画完之前自杀了?"

江浔扶额,平复了五六秒,继续道:"如果你问我他怎么死的,我更倾向于电影《挚爱凡·高》里的猜测,他被一个傻子开枪误伤了,他拒绝治疗,因为他知道他的死对所有人而言都是最好的结局。"

江浔吸了吸鼻子,以此消除涌上来的酸意:"他和他的朋友高更不一样,高更是很狠绝的一个人,为了画画,他能抛家弃子,物质、金钱、社会地位于他而言更是毫无价值,他什么都不要,就要画画,就像溺水的人必须挣扎。"

"但凡·高不一样,要是用现在的眼光看,他没有工作没有收入来源,十多年来靠弟弟给他打生活费。他的画卖不出去,现在我们喜欢他的画,把他当天才,正是因为他的绘画超越了他所生活的时代,所以除了他弟弟,几乎没有人喜欢他这个人和他的画,包括他的父母。"

不知怎么的,江浔笑了一下,他想到传记里的一句话。凡·高说他知道父母很爱他,他也爱的,但他们都不能理解他为什么要画没人买的画。

他在父母眼里一事无成,他的父母或许真的爱他,但也和其他人一样不看好他的决定,更别提鼓励和认可。他的弟弟肯定是爱他的,十余年来始终如一支持他画画,从未言说过自己的小家庭的困难。爱让他们都变得痛苦,所以凡·高才会认为,他死了,所有爱他的人都会解脱,不管他们用哪种方式爱他。

"如果他的父母也支持他做自己喜欢的事情,鼓励他,认可他，那么凡·高说不定就不会死。"江浔觉得这是个很好的机会，不由自主地拉住陈筠的手，诚恳道，"对凡·高来说，画画是对自我的救赎。你想啊，他活得那么惨淡，但他依旧能画出让人看了就温暖的画，他的内心是如此善良，他没做错任何事，他只是选了一条绝大多数人都不会走的荆棘路而已。他的内心痛苦吗？当然痛苦，但当他画出那些具有旺盛生命力的画时，他是快乐的，因为他通过绘画这种方式达成了和外部世界与自我的和解。而如果他的父母能懂他，能……能把对他的爱用支持他画画这种方式表达出来……"

江浔的眼睛亮晶晶的，眸子里满满都是期待："那他就不会那么悲观，他就能活下去，创造出超越自己的画。"

"这是你的理解吗？"陈筠问。

江浔用力地点头，握着陈筠的手一紧。

"哦，我懂了，"陈筠也点头，笃定地说，"所以你也想成为凡·高那样的人，对吗？"

"……嗯？"江浔一愣，双目闪过一丝茫然。陈筠以为自己说中了，迫切道："儿子啊，你不能有这种想法，多少个搞艺术的里面才出一个凡·高，我们都是普通小老百姓，怎么可能——"

江浔的双眸瞬间黯淡，松开了陈筠的手，往后一退，颓然地坐在床沿上。

"……很多文艺创作者确实心思细腻容易患精神疾病，"压抑的情绪让江浔吐词都变得困难，但他还是努力地解释，"但文艺创作和精神疾病之间没有等号。再说了，为什么会抑郁，是因为太投入共情太深啊,一个创作者,就是应该画中的人物哭,他就哭,画中的人物笑,他就笑。如果那些喜怒哀乐连作者本人都感受不到,他拿什么去打动观众?"

"但也要注意身体啊,"陈筠看着江浔依旧没长什么肉的脸,心疼道,"你都不知道妈妈有多担心你,咱们真的就是普通人啊儿子,怎么可能会成为凡·高那样的——"

"别说了。"江浔冷冷地打断。

但陈筠还是不放弃:"妈妈这么说你可能不爱听,但理就是这个理——"

"我叫你别说了!"

房间里终于陷入寂静。陈筠眼里闪过惊恐,她看着儿子那双发红的眼,觉得熟悉,但更多的是陌生。

"我从头到尾想传达的,都是来自父母的支持和认可能改变很多事情,我到底哪句话让你以为我江浔想成为凡·高?到底哪句话?我改还不成吗,我改。"江浔积郁到眼眶红透,同时笑容的弧度绽得更大,也更凄凉和绝望。

"你根本就不知道我到底想要什么,你为什么要摆出一副很了解我的样子,对我的选择指手画脚,要将我未来的人生安排得明明白白,你为什么要这样啊?"

"因为我是你妈!"这是陈筠在这场谈话中说得最有底气的话,她的眼睛也湿润了。

"可、我、也、是、我、啊!"

江浔说的每个字,都像是从肺腑里呕出来,痛苦、艰难、真实。他抓着心口的衣服,那里已经空了——

"我从始至终想成为的，从来都只是我自己啊！"

寂静的房间里，原本心平气和的交流因观念和身份的碰撞变成了冲突。

但陈筠还不放弃，就像她说的，她是母亲，她不会放弃儿子。

"……妈妈不是没肯定过你，只是没当着你面说罢了。"江浔没有逃避他们之间的隔阂与矛盾："但你就是不支持我做动画。"

陈筠沉默，想摸江浔瘦到骨节明显的手。江浔漠然地把手背到身后，侧过脸，连对视都不愿意。

"要不妈妈给你联系医生？"陈筠再次掏出手机，在通讯录里翻找，"妈妈水平有限，没办法和你聊到一块儿，但妈妈……妈妈真的在慢慢地改啊。"

江浔听着，表情没有丝毫的松动，好像他的一颗心完好无损，或是被伤得没有知觉。陈筠抹了把脸，打通了那个电话，问："喂，是小夏吗？"

江浔眼睛都瞪圆了，暴戾得要抢陈筠的手机，但夏清泽在电话那边说了声"嗯"，让陈筠稍等换了个安静的地方后问她怎么了，江浔那满腔的苦闷烦躁突然就消散了。

"打扰到你了，小夏。"陈筠叫得亲近，让江浔听着总有种她经常给夏清泽打电话的错觉，她问夏清泽有没有其他心理医生推荐，夏清泽给她简略地讲解了一番心理医生和咨询师的区别，问她要找的是不是后者。

"是您想找吗？还是……"

陈筠的沉默让夏清泽对这通电话的目的心照不宣，于是他问："江浔现在就在旁边吗？"

"嗯。"

"那能让我和他聊几句吗？"

陈筠把手机给江浔，江浔接过，夏清泽那边传来类似车辆启动的声音。他没问都发生了什么，但也猜得出他们母子俩的冲突有多激烈和焦灼。

所以他说："我来接你。"

然后补充了个时间："很快。"

江浔抿着唇，牙齿咬上内侧的软肉。疼痛没能成功分散他的情绪，眼泪还是掉了下来。之后的半个小时陈筠不肯从他房间离开，他觉得别扭，没再画画，毫无生气地缩在床上睡觉，等他睁开眼，夏清泽就坐在他床边的地板上，不知等了多久。江浔起先很冷静，抬手看到那个花瓣吊坠上的三片颜色都在，那些压抑着的真实情绪才宣泄出来。

"我是不是很差劲？"他问夏清泽。他自己都要觉得自己失败了，他做的事情连血缘至亲都不支持，他有点迷茫了，他汲汲追求的到底是什么。

"不，你才不差劲，你特别好。"夏清泽凑近，在江浔泛红的鼻头戳了一下，"你是我见过的最执着的人。"

江浔自嘲地笑。执着这个褒义词得功成名就者用。他这样的人，只能算钻牛角尖，不懂世故圆滑，不撞南墙不回头。

但夏清泽还是正正经经地道："你也是我见过最负责任的人，只要喜欢了，你就不会辜负这份喜欢。"

不管是绘画、动漫，还是年少的思绪，你不求回响，但依旧念念不忘。

他跟江浔说："走。"

"……去哪儿？"

"回家过年啊，你忘了？"

江浔从床上坐起来，惊愕道："但那是……在梦里说的话啊。"

"所以你就没当真？"夏清泽故意表现得很受伤。

他起身换衣服，这期间夏清泽出门跟陈筠交流了几句，江浔出来的时候刚好听见陈筠谢谢夏清泽，说江浔现在也就只听他一个人的话，只能麻烦他照顾。江浔面对陈筠时真的有逆反心理，也有让她更生气的报复心理，可等他的目光同夏清泽对上，他背在身后的手指交错到一块儿，那股子冲动居然被梊然打败了。

夏清泽的车就停在楼下，江浔坐上副驾，不乐意看站在车门外的陈筠，直到夏清泽捏住他的后脖，他才不情不愿地和陈筠告别。

从江浔家到市区要半个小时，进屋后江浔看到三四个从四岁到十岁不等的孩童在客厅跑动，夏清泽揉他后颈靠近肩膀的地方，让他别紧张。

江浔跟在夏清泽身后，和他一起上楼，说："原来你家有客人啊。"

"嗯。是我父母的一些朋友，他们一起出去有事，吃晚饭的时候会回来，小孩都留在这儿玩。"他带江浔去客房，说江浔可以先休息，到饭点了他会来叫他。

江浔点头，但站在门口没进去，夏清泽没其他可以交代的了，却迟迟不说离开的话，也站在原地。但没沉默几秒，他们听到了一些细碎的争吵声，随后争吵声变成了哭声。

那是孩子的哭声，稚嫩、无助，且越来越清晰。楼下是有用人的，这孩子哭得那么歇斯底里，显然是用人都哄不住了。箭在弦上，他们本意是都别管，关上门当作没听见就好。可真走到客房门口扶着把手了，他们相视了一眼，还是下楼去了客厅。

陈姨正半蹲在那个跌坐在地毯上的四岁小孩旁边，的确束手无策，见夏清泽来了就像是见了救星，拿着一张被揉皱的纸小跑到他和江浔边上，跟他讲都发生了什么。原来那几个孩子刚才一起画画，每个人都自己画自己的，有小孩画得比较抽象，年纪最大的就笑话他，说他画得很丑。其他几个跟着附和，那个小孩受了打击，就哭到了现在。

"那其他男孩呢？"夏清泽问。

"都跑到花园去了。"陈姨指向客厅后侧的那扇门，"他们应该也知道自己说错话了，但拉不下脸道歉，就跑外面去了。"

"那麻烦您把他们叫回来。"夏清泽吩咐完陈姨，走到小孩身边，他不太会哄小孩，只是蹲下帮他擦眼泪。江浔比他活泼多了，一屁股坐到那小孩对面，把那幅线条凌乱无序的画放到他和小孩中间，兴致勃勃地问："这是你画的啊？"

小孩点头。

"你画得真好看，"江浔真情实感地赞扬，"你真棒！"

小孩停止哭泣，呼吸还是一抽一抽的。那几个大孩子也进屋了，江浔没凶任何一个，而是拍地毯，让他们都坐下。夏清泽也坐下，看着江浔问那三个稍年长的孩子，他们是不是说过这幅画丑。其中两个低着头，眼神逃避，只有十岁的那个敢作敢当，举了一下手。

江浔继续问："那你为什么会觉得这幅画丑呢？"

"……因为我不是这么画画的，学校里的老师也不是这么教的。"他看向脸上还有泪痕的小弟弟，有些歉意，但还是实话实说道，"我不喜欢这幅画。"

"那你不喜欢，就意味着它丑吗？"

"……嗯？"

江浔再问："如果有一个女孩子不喜欢你，就意味着你长得丑吗？"

"当然不是啊，"大男孩挺了挺胸板，自信道，"我哪里丑了，她不喜欢我，自有别人喜欢我。"

"对啊，画画也是这个道理啊。"江浔笑，看向小弟弟，眼睛弯起像小月牙，"这个大哥哥只是没有很喜欢你的画而已，凑巧的是，其他两位小哥哥也不喜欢。"

"但我很喜欢。"江浔笃定道，并正正经经地问夏清泽，"你喜欢吗？"

夏清泽当然点头，江浔再问陈姨，陈姨也夸赞，说画得真好看。小男孩害羞了，江浔揉揉他白嫩的脸颊，用容易吸引小孩子注意力的语气说道："你知道吗，再杰出的画作都还有人不喜欢呢，你现在只遇到了三个，这说明什么呢，说明你画得很棒，对于喜欢这幅画的人来说，它超美的！"

小男孩破涕为笑。

"那你还想画吗？"江浔拿来新的纸笔，小男孩毫不犹豫地接过，趴在客厅的小桌上专心致志地继续画，那三个年纪比他大的男孩抓耳挠腮地围着他，像是尝试着去欣赏却不得要领，但又不想放弃。其中一个确实有绘画功底，也听得进江浔说的话，他把刚才画的草稿拿给江浔看，想听听他的意见。江浔就跪在对他来说太矮的小桌前，指导那个男孩子填颜色。画了一会儿那个男孩子去洗手间，夏清泽挪坐到江浔身后。江浔笑，推了夏清泽一把，让他别闹，夏清泽敏捷地抓住他的手腕，借力轻轻一拉，后背贴地板躺下，只要夏清泽不想松劲，江浔肯定起不来。

江浔因夏清泽孩子气十足的捣蛋笑到岔气，正要拍他让他正经点儿，连通客厅的大门被打开，大人们的欢声笑语在他们看到夏清泽和江浔后戛然而止。江浔尴尬极了，慌忙起身后窘迫地往夏清泽身后躲。但夏清泽很坦荡，勾着他的肩让他们平行站着，说："别怕。"

江浔强迫自己抬头，看向从客厅走来的那些人。牧云依居然也在，见是江浔，她很俏皮地冲他眨了一下眼，这让江浔的无所适从稍稍减轻。但很快，他眼前就站了另外两个人，他和他们都在梦里见过，所以江浔认识他们，他们却是第一次见江浔。

但现在不是梦，他们所有人，都裹挟于活生生的无法改变和后退的现实中。

"我之前和你们提过的，"他听到夏清泽这般介绍，恭敬地称呼道,"爸、妈,这就是江浔。"

晚饭的菜式偏西式,所有人围着一张大圆桌而坐,用人按照前汤到甜点的顺序上菜,江浔坐在夏清泽身边有样学样,夏清泽用什么汤匙叉子他就跟着拿起来,生怕出错。

哪怕夏清泽说过,他完全没必要这么拘束。

他全程都很沉默,静静地听那些在财经周刊里才能看到的名流新贵谈笑风生。他们都有国外留学背景,高谈阔论时夹杂的不只有英语,还有好几门欧洲小语种,听得江浔云里雾里。他本想装透明人,但那几个小孩坐不住,主餐都没上完就到客厅和花园玩耍去了,要不是其中一个邀功似的把之前画的画拿给他母亲看,并说江浔指导过他,他还真的就被这一整桌人忽视了。

于是,桌上所有人的目光都转向了江浔。就餐前夏清泽给大家介绍过,但在座的个个都阅人无数,一看江浔的气质就知道这孩子不善于表达交际,话题也就一直没往他身上引过,但他们也好奇能让夏清泽在过年期间带回家的朋友是什么来头。

那位妆容精致的母亲细细端详那幅儿童画,同江浔道谢时微笑的弧度跟训练过似的精准。牧云依的心理活动没那么丰富,就是想拉江浔一起聊天,她夸赞说江浔特别厉害,她现在用的微信头像就是江浔画的。

"那还是学生吗?"那位母亲见江浔脸蛋稚嫩,猜测道,"读哪个美院呀,你的导师我说不好还认识。"

"没、没读书了,"江浔顿了顿,"现在在做动画。"

那位母亲点了点头，继续问江浔在哪个动画公司。江浔都不知道该怎么回答了，无所适从得笑都笑不出，夏清泽握住他的手，用一个比较高端的英语词汇表示出"自由工作者"的意思，在座的各位就懂了，心照不宣地把话题转回金融、国际局势以及旅游上，聊到最后涉及的话题越来越小和具体，牧云依的母亲自然而然地提到了女儿的婚事。

牧云依原本低头玩手机，一听又聊到谈婚论嫁，娇嗔地呵斥了一声"妈"。她妈当然没就此打住，看了看夏清泽又看向蒋灵，明知故问："小夏和依依差三岁吧？"

"妈，你什么意思？"牧云依真的生气了，但她长相太过于甜美，眉头再皱也没什么攻击性。蒋灵笑着没说话，夏楼山回道："是大三岁，我记得依依和夏樱同岁。"

提到这个名字，蒋灵脸上的笑瞬间僵住，双目瞬间失魂落魄。夏楼山不可能没留意到，但还是继续道："他们三个从小一块儿长大的，自然有感情基础。"

"谁跟他有感情基础啊，"牧云依哭笑不得，"我小时候都看不上他，我都……"她恍了恍神，声音转小，"都是和夏樱玩的。"

"但现在已经不是小时候了，"牧云依母亲的意图越来越明显，好像早就打定主意要在这顿饭局上提这件事，"你们都长大了，站在一块儿，郎才女貌。"

夏清泽干脆地拒绝了，这个变数是牧云依母亲万万没想到的，但她的笑容里没有丝毫尴尬。牧云依也慷慨陈词，一次性把话讲清楚，让她妈别再给她乱点鸳鸯谱。

我也是我

晚饭过后，几家的客人同夏清泽父母一一告别，当最后一辆轿车驶离，蒋灵摆动的手垂下，嘴角的弧度收回，眼神疲惫得像终于演完了一场戏。夏楼山点了根烟，说自己抽完再进去，蒋灵没等他，往前走了两步。

夏楼山长长地嘬了一口烟，将烟雾全都咽到肺腑，他的妻子依旧没有回头。

他看着他的妻子，他摸不透蒋灵真正的想法，三十年来都摸不透。

江浔回房休息后不久，夏清泽敲响了他的房门，他问夏清泽到底发生了什么，夏清泽带他去了书房，打开一个上锁的柜子，从里面拿出一本笔记本。

他翻开其中一页，将那封被八年的时光和海水磨到褪色的夏樱的绝笔拿出来：

我不恨任何人，我也不觉得自己有错。

我像是被禁锢在大理石中，但没有一个米开朗琪罗来雕刻，Set me free.

有人和我说，活着本身就是一种反抗，只有活着，才能守到云雾拨开的那一天。

可我怕是等不到了，活着的每一分每一秒都是煎熬，我一想到自己还有千千万万个下一分下一秒，我就坚持不下去。

真不好意思，我是那样年轻，才十八岁，怎么肯妥协呢。

我不是Kitri，也不是堂吉诃德，

我只想光明正大地做我自己。

"她都没写寄信人，"夏清泽背靠着书柜，神经绷着，"她从一开始就想好了。"

江浔小心翼翼地将信放回去，关上笔记本，说："这不是你的错。"

他又找出一张明信片给江浔看，那是十多年前夏樱从梵蒂冈寄给他的，正面的图片是米开朗琪罗为美第奇陵墓所雕刻的几座塑像，背后是米开朗琪罗一句名言的英文翻译，再翻译成中文，意思是"我在大理石中看见天使，我不停地雕刻，直到使他们自由"。

"她在向我们求救。"他的手指画过那句"Set them free"，一遍又一遍。

他的情绪已经很克制了，他清楚地记得两年前的一个晚上，他接到牧云依的越洋电话，她在苏黎世的艳阳天里号啕大哭，一遍一遍地重复明信片上的那句"瑞士没有海"。

"她在向我们求救。"

她曾经向所有人求救，求求他们看一眼她的痛苦。

可她没有得到任何回应，投海不是她最后一条路，而是她实在没有路可走了。

"这不是你的错。"江浔安慰他。夏清泽的背宽厚而可靠，从来不会摇晃，也不需要依靠，只有江浔会笨拙地，一遍遍，固执地说，不是你的错。

我的英雄

XI

谢谢你的坚持
谢谢你做自己的英雄

Arise from their graves and aspire
Where my sunflower wishes to go

　　凌晨三点，依旧毫无睡意的江浔拿起床头的手机进了浴室。

　　他没穿拖鞋，脚掌踩在冰凉的瓷砖上冻得他一个激灵。他盘腿坐上马桶盖，打开手机里一个叫 aiai 的 APP，屏幕先是一片漆黑，然后一条白线浮动：“你好，江浔。”

　　“嗯，”江浔也和它打招呼，“晚上好呀。”

　　这还是江浔第一次打开这个 APP。他们在第二个梦境里待了快半个月，但等他们睁开眼，不过是刚好跌入浅浅的潮水里，等他们爬起来坐回岸边，神出鬼没的小艾同学也就出现了。

　　江浔抓住机会，问了小艾同学很多问题，但小艾同学的回答全都是含糊不清的，江浔急了，脱口而出小艾同学就像个 bug，小艾同学一点都不生气，还在江浔手机里植入了这个 APP，说以后有事要找它，可以点击这个 APP，毕竟他还有三次进入梦境的机会。

　　但他现在点开这个 APP 并不是为了咨询和梦境相关的问题，而是因为只有非人类的小艾同学不需要睡眠，能在这个点和他聊天。

　　小艾同学也很乐意同江浔交流，它并没有实体，但依旧能看出江浔心情不佳。它问江浔在困惑什么，江浔问它："人死了之后会去哪里呢？"

"这是道超纲题，我不能作答。"

"那如果人死了，可以活过来吗？"江浔脑洞大开，"如果我进入一个梦境，时间点又刚好是那个人去世之前，然后我再把她带回现在这个世界，可以吗？"

小爱沉默片刻，泼冷水道："我记得你从第一个梦里醒来后，我就告诉过你，人死不能复生。"

"为什么不可以啊？"江浔郁闷，也很沮丧。

"因为这是她的选择。"小艾同学说，"哪怕你能回到她生前的岁月，你需要做的也只是远远地看着她，你要相信，所有人的结局都是他们最好的归宿，你没有权利改变。"

江浔思忖着，语速缓慢："……你刚才说，回到她生前的岁月？"

"是的。"

"你的意思是我们可以回到夏清泽姐姐生前的日子？！"

"当然可以，我是 bug 嘛，可以后台直接帮你操作进入梦境，准备好了吗？"

"等等，等等，等一下！"江浔制止，"我们要三个人一起去！"

"三个人？"小艾同学鲜有地变化语调，"那得付费。"

江浔："什么情况？我上次和夏清泽一起入梦，你怎么没跳出来？"

"因为两个人也在免费范畴内呀，三个人就超载了，得开通额外服务。"

江浔无语，算了一下自己的存款还有多少，让小艾同学开个价。

他没做过这种交易，心里也没个数。小艾同学让他别紧张，说他肯定能支付得起。

"放心吧，不是让你花钱买，而是一物换一物。"小艾同学说，"我要一件你珍视的东西，只要你愿意，明天你们就可以一起进入梦境。"

"我能有什么珍视的东西？我一穷二白的。"

"当然有啊。"小艾同学说了两个字，江浔果然面色严肃起来，腿也不盘着了，脚掌着地，瓷砖的凉意让他更加清醒。小艾同学也没催促他马上做出决定，连它都知道这对江浔来说是堪称惨烈的牺牲，江浔确实需要时间考虑。

但江浔却在沉默没过十秒之后就说："成交。"

"……我觉得你有点冲动。"

江浔摇头："我很冷静。"

"值得吗？"小艾同学问。

"当然值得啊。"江浔不知为何，没忍住地洋溢起笑，"我希望他开心。"

真真正正地开心。

第二天，江浔睡到日上三竿。醒来后他揉眼，模模糊糊地看到夏清泽正挂着脑袋注视着他，对视了几秒后江浔说："我和你商量个事。"

"你想回高一的那年九月吗？"江浔问。

夏清泽定住了。

"我昨天晚上问了小艾同学，它说可以带更多人进梦境，就像上一次我们两个稀里糊涂地一起进去一样。"

"哪些人？"夏清泽问。

"你、我，"江浔凑近，"还有你母亲。"

夏清泽揉了揉眉心。

"而且说，超过两个人——"江浔立即改口，"超过两个人是不影响效果的，你如果觉得有必要，也可以把你父亲叫上。"

"他就算了。"夏清泽也没考虑他，但却想到另一个人，江浔也问，牧云依什么时候回杭市。

"可以把她也带上。"江浔提议，"她肯定，也很想再看看你姐姐。"

于是牧云依也来了，他们四人围着一张方桌而坐，由夏清泽讲解穿越入梦的原理。

牧云依和他们是同代人，尽管觉得匪夷所思，但接受度高，并不会觉得夏清泽是在一本正经地胡说八道。蒋灵没听懂多少，但精准地抓住重点："也就是说，我能再见到樱樱。"

"对。"夏清泽喉结动了动，"我们都能再见到姐姐。"

"那我们接下来需要做什么？"牧云依问。

"什么都不需要。"江浔晃了晃手腕上那颗还有三片花瓣的小吊坠，笑，"大家只要开开心心地去就成了。"

他把手机放在桌面正中间，点开那个APP，小艾同学让他们回各自的房间睡上一觉，醒来就能回到那个时间点。

✦❀·⁀

　　夏清泽闭上眼，不知过了多久，眼前闪过一道白光，再睁开，他坐在一张方桌前。窗外的光泄进来落在他身上，映得周遭掉落的细尘舞动。他听到了脚步声，有人从他正对面的楼梯走下来，在最后一格停下，手扶着栏杆，就算隔了五六米的距离，纤瘦手臂上的血管还是清晰可见。

　　她很虚弱，不仅是身体上，还有心灵上的疲惫。她勉强挤出一个笑，另一只手插入外套衣兜，捏住那封没有写地址和收件人的信。

　　她正要开口说些什么，她那一直安安静静的弟弟走过来，紧紧将她抱住。虽是有血缘关系的姐弟，异性之间肢体的亲密接触还是让她在最初的那一刻感到不自然，双手跟投降似的举着，并没有回馈一个拥抱。

　　但夏清泽已经别无所求，他在夏樱看不到的地方眯着眼笑，心满意足得像拥有人生第一只猫。

　　他知道夏樱的口袋里有那封信，他有想过跟她坦言自己来自八年后，想告诉她家人的痛苦求她不要走，不要离开，好好活下去。可当他真的把夏樱抱在怀里了，他才恍惚地记起来，他很小就被教育要直接叫夏樱的名字，而不是——

　　"姐姐。"

　　夏樱眨了一下眼，唇瓣微启。然后她又眨了好几下眼，举着的双手如定格动画般缓慢垂下，放在夏清泽的后背，在他又叫了一声"姐姐"后回应："弟弟。"

　　她像是处在一片一望无尽的大沙漠里，就要渴死了，手里突然有了一抔水，让她能再坚持几个小时。她的思维和身体像是分开了,她的躯壳里有另一个夏樱在往下坠,夏清泽也跟着跳下去,也拉不回来。

所以她不怪任何人,他们所有人,其实都尽力了。但今天是她近期能抓住的最后的机会,如果蒋灵回来了,她就出不去了。

她问夏清泽能不能带她出门,她想寄一封信。

不知是不是错觉,她觉得弟弟的眼神很受伤,她再三强调自己绝对不会乱跑,夏清泽在听到她反复的承诺后说:"牧云依今天会来。"

夏樱只觉得一颗心被扎穿了,连她自己都惊讶,她感受到的不是喜悦,反而是愤怒。

"她在参加比赛,赢了可以签约苏黎世芭蕾舞团,"夏樱笑了一下,"她和我不一样,她是真的喜欢跳芭蕾,没理由在这个节骨眼上回来。"

"她会的。"夏清泽固执且坚定。

夏樱不和他争,正想着怎么从夏清泽手里拿到钥匙,别墅的大门从外面被撞开。她扭头,看清楚来的人是谁后肩膀一垮,冷漠和烦闷都写在眼里。她不明白自己的母亲为什么如此慌张着急,明明才出去没几分钟,怎么就回来了。

夏樱原本想把目光挪开,可却发现蒋灵脸上挂着泪,她克制住不哭出声,而肩膀却无法克制地因为悲伤而耸动。她应该是很想走过来的,但她后背贴着门,双腿撑直,好像膝盖稍微弯起来,她就会跌坐在地。

她这样子真无助和可怜,可她又是很美的,连夏樱见了,都暂时忘了之前的争吵和矛盾,只想哄哄她,让她别再哭了。

她才注意到蒋灵手里拎着一个购物袋，挂耳勒红了她的手腕，夏樱走过去，挺不情不愿地帮她把塑料袋取下，眼睛往里面一瞥，一愣。

蒋灵笑着，眼泪还在涌，但她在笑，和夏清泽一样心满意足。

"你不是说想染头发吗，"她抹了把脸，将购物袋里的染发剂一一拿出来，让夏樱挑。夏樱用手背探她的额头，不可思议道："妈，你没事吧？"

蒋灵没说话，紧攥着夏樱的手贴着自己脸颊，闭眼长吸一口气。再睁开，她眼里也有了真诚的笑意，近乎怂恿道："你想染什么，我们就染什么。"

"……真的假的？"夏樱鼻子都酸了，开玩笑地问，"你真的是我妈？"

"当然是啊。"蒋灵揉她的脸，眼泪啪嗒往下掉，将失而复得的女儿搂在怀里，恸哭到难以抑制。

"一直，永远都是啊。"

那天染发，夏清泽也在旁帮忙。夏樱肤白，染完红头发后衬得整张脸更为白净精致。那天晚上他们一起在小区里散步，蒋灵紧攥住夏樱的手，夏清泽跟在她们身后，拍了张背影照发给江浔。这个周末江浔没住校，而是在家，信息回得不快，但也很为夏清泽高兴。

第二天牧云依来了，夏樱原本以为夏清泽昨天是随口一说，并没有当真，等真的看到牧云依站在面前，整个人惊得说不出话。

于是他们决定去找江浔。晚饭过后，蒋灵开车载着他们去江浔家,江浔就领他们去村子里逛逛,村口的公园里有大爷大妈在跳广场舞,广播里敞亮地放着"你是我的小苹果,怎么爱你都不嫌多,永远地唱着最炫的民族风,是整片天空最美的姿态"。

这两首神曲的混合版太过于洗脑,饶是他们所有人都对广场舞敬而远之,也不由停下脚步观摩舞姿。

一曲完毕,他们本打算离开,广播里传来一首电音华尔兹舞曲,牧云依也不知怎么想的,拉着夏樱的手跑到队伍里,搂住夏樱的腰做出基本准备动作,夏樱眉尾一挑,说了句什么,把自己的手放到牧云依的后背,牧云依拗不过她,把手搭在她的臂膀上跳女步。

刚开始,她们还真跟着大爷大妈跳乡村特色的华尔兹,跳着跳着,她们的动作就脱离队伍了,不是变得更专业,而是更随意,完全是想怎么跳就怎么跳。下一首歌也是华尔兹,比上一首更优美,蒋灵在旁边的石椅坐下,推了一下夏清泽,那眼神好像在说,他和江浔也应该加入进去。

但江浔兴致缺缺,不仅是因为不会跳,而是有什么心事。于是夏清泽带着他慢慢转圈,江浔看着他,又仰头看公园里挂在空中五颜六色的小彩灯。

江浔顺着夏清泽的动作转了半圈,刚好面对着不远处的蒋灵,蒋灵朝他微微一笑,然后看向夏樱和牧云依,眼眸里只有失而复得的欢喜,其他别无所求。

这让江浔莫名觉得难受,却又说不出原因。

上学后江浔总是心不在焉，一副满腹心事笑不出来的模样。夏清泽总不能逼他开口，但当他无意中翻开江浔的课本，发现里面干干净净时，他才终于意识到到底是哪里不对劲。

　　他在一个周末的中午带江浔回家吃饭，将一盒彩笔倒在桌上，问江浔这些都是什么颜色。江浔先是不回答，觉得他在胡闹，可当江浔不只一次把红和绿说成黄，夏清泽握着那些彩笔，看着低头不言的江浔，才知道这次入梦只是对他们一家人的馈赠。

　　他暂时没有把这件事告诉其他人，在饭桌上时，他和江浔跟闹脾气似的都不说话。

　　气氛有些微妙，蒋灵和牧云依时不时说些有趣的事，也没能挑起话题。再一次沉默后，夏樱看着江浔，说："我以前见过你。"

　　江浔抬头，眨了一下眼，夏樱并非全然笃定，问："你四年前，有没有在市少年宫学过画画？"

　　江浔挺了挺背，看了看身边的夏清泽，再面朝夏樱，点了一下头。

　　"那就是你了。"夏樱能确定，"那一年暑假，有一次雨下得特别大，你父母没来接你，你自己走回家的，对吧？"

　　江浔有些吃惊，问夏樱怎么知道的。

　　他十二岁那年确实在市少年宫学过画画，课在下午，结束后他需要换乘两趟公交回家。但那天的雨势太大，他错过了末班车，身上又没手机和打车的钱，还真在雨里走了三个多小时回家。第二天他感冒了，但还是坚持来上课。和他同班的很多学画画的同学都是因为父母要求而不是出于喜欢，所以都偷偷笑话他，觉得他这人很奇葩，生病了都不知道请假。

"我那段时间在市少年宫的芭蕾舞班兼职，有个学生又跳芭蕾又学画画，就跟我讲了你的事，还带我去看你，我就站在门外，看你一个人坐在画室里练线条，画几笔就要擦一次鼻涕。"

江浔挠挠头发，觉得挺丢人的，但夏樱目光炯炯，说："我那时候就觉得，你肯定很喜欢画画。后来我的学生说，你可能把其他人的嘲笑听进去了，之后都不来了。"

"啊，我没去上课，是因为我爸妈怕我又遇到这种天气，又生病。"江浔不好意思地笑，他父母当时的想法很简单粗暴，直接从根源上解决问题。

"不过我一直在画的，我现在还在做动——"江浔捂嘴，差点说漏嘴了。

夏樱眉头皱了皱，然后舒展开，不再遗憾道："我有很长一段时间还很后悔，懊恼自己那天为什么没进画室，跟你聊聊天说些鼓励的话，说不定你就不会离开了，你既然还在画，那再好不过了。"

"嗯，我不会放弃的。"江浔知道自己和夏樱还有这般机缘巧合，也挺开心。

吃完饭后他和夏清泽坐在客厅，面前又是一盒彩笔，他把在他眼里都是黄色调的抽出来，摆在桌上，跟夏清泽说："你可能不知道，诺兰也是红绿色盲，他这么厉害的人物都分不清红和绿，我——"

"他做动画吗？"夏清泽用陈述的语调反问。

江浔撇了撇嘴，并不是很有底气："拍电影……和搞动画，原理差不多呀。"

夏清泽看着他："你为什么不事先和我说？"

"因为没什么必要啊。"江浔真心这么觉得，"而且你想啊，说不定我只是在这个梦境里是色盲，梦一醒就恢复正常了。就算不能，小艾同学脾气这么好，我、我到时候和它撒撒娇卖卖萌，它肯定就把颜色辨别能力还给我了。"

夏清泽看着他，一言不发，江浔也觉得自己的假设天马行空，声音越来越小，直到夏清泽站起身迈开步子上楼："这个梦不做了。"

"别啊。"江浔音量提高，拦在夏清泽前面，"你这是意气用事，你想想你妈妈、姐姐，还有牧云依，你不能——"

"那你的眼睛呢？"夏清泽声线一抖。

江浔张开的双臂缩了缩，但随即更坚定地横在夏清泽面前："你不能告诉她们。"

夏清泽不依，手放在江浔肩膀上要将他推开，江浔握住他的手腕，说："这是我心甘情愿和小艾同学换的，我自己的眼睛我说了算，你要是现在上去告诉你妈妈，你才是一厢情愿。"

他们停在原地，良久，江浔松开手，夏清泽看着他的眼睛，问为什么。

江浔笑，眯着眼，说："你在这个梦境里真的很开心。"

他曾默默无闻地看了夏清泽很多年，在有具体回忆的高中三年，他从未见过夏清泽发自内心地笑。

夏樱的死是达摩克利斯之剑，一直悬在他的头顶，他认为那是他的过错，一直背负着愧疚，从未松懈，直到他们进入到这个梦境。

他是在这个梦境里才知道，原来夏清泽也可以是这样，那么自在和释然。

"我希望你开心。"江浔固执道。

夏樱在楼梯口清清楚楚地听完他们所有的对话，光着脚没发出任何声音，面无异色地回到了书房。她的母亲和好友都在那儿，翻看过去的相册，里面有蒋灵和夏楼山，蒋灵看着那些老旧的相片，头一回和女儿说起父辈的爱情。

故事很俗套，夏楼山对舞台上的蒋灵一见钟情，两家人门当户对，长辈就包办了婚姻。蒋灵对结婚并不排斥，但不想要孩子，谈恋爱的时候夏楼山当然答应，可真结婚了，他也站到家族利益的阵营里。他们有了两个孩子，他成了事业有成儿女双全的人生赢家，蒋灵则因为身体原因告别了舞台。她希望夏樱能弥补她人生的遗憾，所以才培养她从小学芭蕾，将所有心血都倾注在女儿身上，用爱的名义将女儿绑架，胁迫她过自己想让她过的人生。

她已经付出过代价，追悔莫及，她绝不会重蹈覆辙。别说是染发，就是拿她的命去换夏樱的，她也会毫不犹豫。

可这终究是在梦境里，心思细腻如夏樱，怎么可能看不出蒋灵失了分寸的关怀和爱背后，她心态的骤然转变。再加上方才夏清泽和江浔的对话，她也能隐隐猜到都发生了什么，她身边的人都从哪里来，又最终要回哪里去。

"我们国庆一起出游吧。"夏樱合上相册，提议道。

"好啊。"蒋灵问，"想去哪儿？国内还是国外，出省吗？妈妈都陪你去。"

"就在附近。"夏樱安抚地笑，"我想去看海。"

蒋灵脸上的欢喜瞬间褪去，刚要说"不"，夏樱撒娇地扑到她怀里："你不是刚说想去哪儿就去哪儿吗，我就想去海边，你不能说话不算话。"

"……好。"见牧云依也点了下头，蒋灵答应了，手放到夏樱后背，紧紧搂住，愿陪她去天涯海角。

十一黄金周的第二天，蒋灵开车载着四个少年去看海。

为了避开人流，他们把时间选在傍晚。但蒋灵也是第一次自己开车去海边，跟着导航开到一段山路前，不免犯难。

那条跨山的小径是去金沙滩的必经之路，蒋灵技术不佳，平时开的都是平路大道，这段蜿蜒曲折的山路于她而言难度太大。迫不得已之下，她和坐在副驾的夏清泽交换了眼神，两人交换了位置。

他开车水平比蒋灵好，但和大多数男司机一样，就算是山路，也下意识地时不时加速。江浔坐在靠窗的位置，一手扶着车顶的把手，另一手抓车门把手。

蒋灵从后视镜里看到江浔抿嘴皱眉神色紧张，不由关心地问："小浔晕车了吗？"

"啊、没。"江浔回过神来，连忙解释，"我好好的，就是……我经常做梦，好梦各有各的样，但坏梦永远只有两个，一是我回到高中在考场考试；二就是开车。"

他无奈地一笑，继续道，"只要梦到自己在车里，我就油门当刹车踩，一路都在撞墙。这种梦还挺多的，我就觉得我不适合开车，一直没考驾——"

江浔把"照"字堵在喉咙口，改口说自己的意思其实是就算成年也不敢考驾照。夏樱知道这是说给自己听的，但她已经生疑，江浔的闪烁其词反而验证了她的猜测。

但她还是开开心心的，车开到海边后他们没加入人头攒动的海上篝火晚会，而是一直向右走向没铺上沙子的滩涂，那里没有任何人。

江浔总觉得这条路很眼熟，他扭头一直盯着跳跃的火光，那在黑暗中跳跃的光芒在他眼里是黄橙色。

"这条路是……"他攥紧夏清泽的手，想起来了。他们就是在这附近一起进入第二个梦里的，潮水上涨，他们跌落进梦境，下一瞬身体浮出水面，就是现实。

他们并没有偏离路线，但海水很快涌上来，淹没了他们的脚踝。

走在前面的夏樱突然挣开母亲和牧云依的手，转身面对他们所有人，说："回去吧。"

"梦总是要醒的。"她笑着，在月光下是那么灿烂，跟所有人说，谢谢他们来到这里。

"是时候回去了，"她说，"不管是你们还是我。"

"回去吧。"小艾同学的声音随风而来，劝说道，"梦总是要醒的。"

夏樱还是笑，后退两步走进缓缓上涨的潮水，然后转身，不回头地往前走。所有人都静静看着，好像是在完成一个仪式，他们是不可或缺的见证人。

牧云依握着蒋灵的手，原本以为蒋灵会心碎到站不稳，但她却突然疯了似的往前跑，踩着海水冲进那即将吞没夏樱的大海。

一切都是那么突然，其他人怕蒋灵发生意外，全都跟着往前冲，但蒋灵速度太快了，她那么瘦，但却依旧在海水的阻力下爆发出前所未有的力量，在海水及胸的地方搂住了她的女儿。夏樱也没想到蒋灵会冲过来，两人脸上分不清是泪水还是海水，蒋灵抱着她，只是哭，说不出话。

他们重新回到了岸上，所有人都很狼狈。

小艾同学又出现了，再一次强调没有人能改变既成的现实，蒋灵死死地将夏樱搂在怀里，眼神决绝得像护崽的母兽。

"那我也待在这儿。"蒋灵说，"你把孩子们送回现实，我留在这儿。"

"可就算是在梦境里，一切也都会在今晚结束。"小艾同学换了个婉转的说法，但所有人都心知肚明，它的意思是不管如何干涉，这个梦境里的夏樱也会随着潮水的上涨降落而离开。

"那我也陪着她。"蒋灵毫不犹豫，"我女儿去哪儿，我就去哪儿。"

"……值得吗？"小艾同学问。

"我是她母亲啊。"蒋灵说，"母亲对女儿，做什么都是值得的。"

江浔听着，莫名想到自己的母亲，当陈筠的身影在脑海中浮现，那些唠叨和叮嘱响于耳边，他突然明白了天下做母亲的一片心意。

小艾同学沉默，似乎陷入沉思，夏樱从蒋灵怀里挣脱出来，站起身，说："我不答应。"

蒋灵哭到没力气站起来，仰头看夏樱，拼命摇头："妈妈做不到看着你离开。"

"那我看着你们离开。"夏樱抬直手臂，指向篝火，"回去。"

"不可以——"

"妈妈。"夏樱跪在蒋灵面前，同她平视，说，"我从来没有恨过你。"

"我爱你们所有人。"她看向牧云依、夏清泽、江浔，最后再次同蒋灵四目相视，"我爱你，妈妈。"

蒋灵泣不成声。

"所以回去吧，"她的手指抹走母亲脸颊上淌的水和泪，母女俩额头抵着额头，她最后说，"我希望你好好活着，开开心心，快快乐乐。"

涨潮了，少年们全都站起来，都扶着蒋灵，往有灯火的沙滩走去。没有人回头，但所有人都知道，夏樱在看着，祝福着。

他们是下午入睡的，但醒来，已经是深夜。夏清泽迅速从床上坐起身，看到蹲在落地窗前的江浔后才不再绷着。

他下床，走到江浔边上，坐下。江浔还是看着窗外，眼泪止不住地无声地掉，夏清泽同他一起看窗外的月明山色，一遍一遍地说，谢谢。

之后的几个月，江浔住回晚杯，日常还是画画做动画。成为红绿色盲反而给了他意外的收获，让他能用新的视角看待色彩，《居山海》的后半部分剧情未变，但表现手法与前半部分截然不同。这个工作量不小，但好在徐则进把以前动漫社的朋友全都笼络了起来，在工作之余帮他画了不少线稿，大大提高了制作效率。

江浔的尺八也学得有模有样，和海风以及夏清泽的小提琴录在一块儿，《居山海》也有了背景音乐。等成品大功告成，江浔还真赶上了今年的电影节最佳动画短片的报名，他将作品和资料寄给举办方，在六月底，收获了电影节的提名。

他受邀前去电影节的颁奖典礼，可以携带一名家属，江浔想和夏清泽一起去，但在动身前，他还有一件事没做。

他把父母请到晚杯，让他们坐在自己几个月来乐此不疲地画画的房间里，给他们看各种手稿，以及最重要的成品《居山海》。

一遍放完后他开始讲解，没说几句就结巴，迫不得已，只能拿出稿子，念了两句心里还是没底，把夏清泽拉来，让他坐镇似的也坐在自己父母旁边。这份讲稿他从第三个梦境结束后就开始准备，其间夏清泽一直充当他的听众，帮他做修改，使讲稿条理更清晰，更具说服力。

他详尽地用近一万字写自己和绘画动漫的邂逅与渊源，从童年的迪迦奥特曼讲到大学的社团，那都是陈筠和江穆未曾了解的江浔，他们能看到的永远只是直观的名次分数的变动、薪水的多少，而不是儿子真正喜欢什么、缺什么、又想要什么。

江浔把进度条拉到小海在货车里躺平，却被小树发现那段。

他按了暂停，沉默了片刻，还是把讲稿放下，双眼一眨不眨地看着江浔。

"爸，你记不记得我上小学那六年，你都是骑摩托车来接我上下学。我……我那时候其实很自卑，因为城里的小孩都有小轿车接送，而我只能坐摩托车。我每次在校门口见到你，都一溜烟儿似的跑过去，把头盔戴上挡住脸，就怕被认识的同学看到我坐摩托车。但我运气没那么好，大家知道后都笑话我，没有一个小树和我做朋友。"

"这个情节的灵感就是这么来的，故事是虚构的，但我注入的情感是真的。我在那个年纪，也希望自己能遇到像小树那么好的朋友，"江浔释怀地一笑，"创作弥补了这个遗憾，也让我再次想到那些经历时不会自卑，而是释然、和解。"

"所以我才那么投入地做动画。如果这些画面里没有我自己的真心，我又能拿什么去感动别的观众。"他看向陈筠，举了个更贴切的例子，"妈，你年轻的时候也看琼瑶小说，肯定也为里面的爱情哭过，但琼瑶阿姨如果天天游山玩水吃喝玩乐，闲来写一写小说，她写出来的爱情能打动您吗？她肯定也是为故事里的人物茶不思饭不想、哭过、笑过、身心俱疲，才能让你感受到真实，也为那些人物哭和笑。这不是生病了需要看心理医生，要吃药，这是一个创作者对作品的责任心。"

这个类比陈筠听进去了，她是母亲，最关心的永远是孩子的身体健康，江浔现在的气色确实比之前好，她的心也没那么悬着了。

讲稿念到最后，江浔并没有把获得提名的好消息告诉他们，他还是赧然,总觉得要真的获奖了才好意思说。陈筠便以为江浔还要做别的动画,不再强求他回家或是找工作。

但儿子就在同一座城市,她总是想念,做了一碗鲜虾面盛放于保温盒,没事先告知江浔,独自开车来到晚杯。

远远地她就看到儿子和夏清泽站在二楼的阳台,海风吹乱他们的头发,在陈筠摇下车窗同阳台上的江浔打招呼前,江浔远远看到陈筠的车停在楼下。

夏清泽说想陪他一块儿下去,江浔摇摇头,一个人下楼走到那辆车旁,敲了两下副驾的窗户,然后坐了进去,刚要开口问陈筠为什么会来,就看到手边放着一个保温盒,盒身还是热的。

"……我最近也不忙,就做了你小时候喜欢吃的鲜虾面。"陈筠说着,绽开一个勉强的笑,把保温盒打开,给江浔递上筷子。江浔接过,没马上吃,而是看着陈筠,问:"怎么今天……突然……"

"妈妈前两天一直在往市区跑,需要经过山海中学。"陈筠说着,看向了窗户前方,似乎陷入回忆,"我每次在饭点开车经过,总会看到很多家长提着保温盒、保温杯、水果汤饮。于是我把车停在附近,看着那些家长在门口等他们的小孩从校园里出来,他们看着孩子吃完饭,再看着孩子进校门。我突然就想到,我一次都没这样等过你,看看你。"

"我们学校伙食很好的,"江浔挠挠头发,"你那时候又忙,没必要这样。"

"我那时候估计也是这么想的,"陈筠笑了一下,眼角堆起皱纹，遗憾道，"所以当我闲下来，有时间了，我也再没有机会了。"

车内安静了两三秒，陈筠帮江浔把筷子又擦了一遍，说："妈妈知道已经迟了，但是……"

但是因为迟了就什么都不做，那才是真的没有机会了。

江浔"嗯"了一声，吸了吸鼻子，开始往嘴里扒面条。每一口他都塞很多，好像这样，有些情绪就不会涨溢出来。

陈筠看他狼吞虎咽的模样，笑着拍他的肩，怎么都看不厌。

江浔终于把嘴里的食物都咽下去了，鼻尖彻底红了，陈筠握住江浔的手，粗糙的指尖划过儿子细皮嫩肉的手背，摸上了那个银镯，以及花瓣吊坠。那上面只有两个颜色，在江浔的蒙眬视线内折射着光。

"妈，"江浔看着那两片花瓣，问，"如果能回到过去，你最想回到哪里啊？"

"回到过去啊……"陈筠认真地想了片刻，说，"只要是有你的过去，妈妈都想好好看看。"

她话音刚落，就跌入一片混沌，一个个场景片段浮现，展示着关于江浔从小到大的回忆。

一切都历历在目，仿若发生在昨天。她在那个如梦如幻的世界里掌握着主动权，在江浔渴望学画的年纪接送他，也把鲜虾面送到了校门口……

她像是在那个梦境里重活了二十载，而当她回到现实，她依旧和江浔坐在车内，面汤还冒着热气。

她一时有很多想说的，想问的，可当她看到江浔手腕上的吊坠只剩一片颜色，再回想起江浔这大半年来的改变，一切都在不言之中。

　　离开前，她问江浔最后一个梦境想去哪儿，江浔也没想好，总觉得想回去的时间点太多，又挑不出一个不得不去的。当他和夏清泽一起坐在电影节的嘉宾席，他把玩着最后一片花瓣，也没想好最后一个梦境该去哪儿。

　　"再不回去就没机会了。"夏清泽说，"下一个奖项就是最佳动画短片奖。"

　　"说不定我拿不了奖呢，"江浔心态特别好，笑，"那我就不算美梦成真，这最后一次机会还可以留着。"

　　"不可能，这个奖就是你的。"小艾同学的声音从江浔手机里钻出来，只说给他们两个人听。它也着急了，催促江浔尽快入梦，不然，等他的名字和作品从颁奖人口中念出，关于它的一切都会消失。

　　"那我会想你的。"江浔摇摇头，"我真的想不到有什么——"

　　他稍稍一停顿，突然想到了什么，问："我记得你很早就和我说过，我们以前就见过。"

　　"是的，"小艾同学信誓旦旦，"还是你找到的我们。"

　　"但我完全没有这段记忆，"江浔换了个坐姿，问，"我可以回到那一天吗？"

　　"没问题。"小艾同学的声音又钻回了手机里，提醒江浔和夏清泽做好最后旅程的准备。

我的英雄

当他们把眼睛睁开,同之前四个梦境完全不同的是,他们都能活生生感受到自己二十四五岁的身体。他们一起站在一个阴暗的窄小廊道里,江浔重新拥有了对红绿色调的敏锐,但他环顾四周,还是老半天才回想起,这地方是他童年住过的乡下老房子。

"……我要去找奶奶。"这是江浔脑子里冒出的第一个念头。

可他刚一转身,就又扭头,看着身后那扇纱门,里面隐隐地传来电视播放声。他不由走近,从他的角度并不能看到房间的全貌,但那台带天线的老式显像管电视机里播放的图像他这辈子都不会忘记——

是《迪迦奥特曼》的大结局。

江浔眨了一下眼,双唇微张,又眨了两下眼。隔着那扇朦胧的纱门,他看着,听着所有人喊迪迦的名字,变成光给予英雄力量。

振奋人心的善恶之战即将来临,就在迪迦复活的那一刻,电视机突然变成雪花屏。

二十五岁的江浔当然已经知道最终的结局,但当看见年仅五岁的江浔走到电视机前,不知所措地拍击电视机的屏幕、机身,拔掉插头又重新接上后还是只看到雪花屏时,他站在门后捂着嘴鼻,不让自己发出哭泣的声音。

他看着自己又消失在视野里,然后拿来好几幅画搁在电视机前,其中一幅是花,五岁的小男孩画不出什么漂亮的花,花瓣大小不一,颜色搭配奇异——那是江浔设计的迪迦奥特曼的

241

新变身器,他把这朵花放在电视机前,希望电视机也快点复活,能让他看到大结局。

但电视机依旧是雪花屏,五岁的江浔跪坐在电视机前,毫无章法地摆弄那两根天线,小心地继续拍打屏幕,奶声奶气地说:"哎。"

他在同电视机说话:"哎、哎。"

"活过来呀。"他继续改变天线的角度,带着哭腔一遍遍说,"陪陪我。"

电视机依旧是雪花屏,但一个不属于电视机的声音在小江浔将天线摆弄到某个角度后出现。

那个声音说"Hello, World",五岁的江浔听不懂,以为是电视机的又一故障,再次改变了天线角度。那个声音消失了,只有小江浔一遍又一遍地重复:"陪陪我啊,哎,哎。"

哎哎。

aiai。

二十五岁的江浔在纱门后无声地泪流满面。目睹了这一切的夏清泽帮江浔推开纱门,柔声道:"进去陪陪他啊。"

他走了进去,身处二十年前的简陋房间,只有画笔和稿纸是亮色。

或许是太过孤单了,小江浔见到生人,并没有表现出戒备和警惕,而是跪坐着转向走近的江浔,并没有起身。江浔蹲下,又觉得视线不平行,也坐在地上。

那张画着五片花瓣的画纸随着微风,从电视机屏幕上飘落,掉到成年江浔的手中,小江浔看到他的手腕上的吊坠,稀奇地问:"这个吊坠为什么和这朵花一模一样?"

"因为这是你送给我的礼物呀。"江浔看着过去的自己,脸上全是泪痕,但他笑得从未有过的心满意足。

"但是我从来没见过你欸。"小江浔一脸迷茫,问,"你是我的什么人呀,我为什么要送你礼物?"

"我是……"江浔本想说他是二十年后的江浔,可话到嘴边,又觉得没必要了。

就在这时,罢工的电视机终于重新工作,《迪迦奥特曼》的大结局继续播放。小江浔的注意力完全被电视机吸引走了,在《永远的奥特曼》的背景音乐里,迪迦打败了坏海螺,小江浔激动地跟着音乐唱,所有歌词他都记得,唯独那句英语唱得含糊不清。正巧身边有个成年人,他就问成年江浔这个一直困扰他的问题:"最后一句是什么意思呀?"

"啊,最后一句是英语,意思是,你永远是我的英雄。"江浔看着那朵自己五岁时画的花,克制不住地咧开嘴笑,但眼眶里溢着泪,这在小江浔眼里很奇怪,他迷惑不解,问:"你怎么了呀?"

"没什么,就是觉得你好棒。"江浔将画还给他,揉了把脸,憋住眼泪,一个字一个字,对二十年前的自己说,"你、真、的、好、棒。"

小江浔没这么直白地被人夸过,不好意思地笑,回夸:"那你肯定也是个很棒很棒的人。"

"嗯。"江浔摸小江浔的头发,眼泪掉在翘起的嘴角,颁奖词和如雷的掌声在他耳边响起,这意味着他很快就要离开这个梦境,回到现实,他最后抱住二十年前的自己,让五岁的自己也听到那些欢呼和鼓舞,他对自己说:"谢谢你。"

谢谢你的坚持,谢谢你做自己的英雄。

全文完

多年以后

XII

番外篇

我故乡山海间的樱花开了
若能邀您一同前往 将是我毕生的荣幸

番外

Till I remembered duller hours made noble,
By strangers clad in some surprising grace

多年以后,站在三面环山一面傍海的山海市自然风光景区的观光台,眺望海天一色的世界尽头,蒋灵将会回想起她作为国家芭蕾舞团首席登台谢幕的那个夜晚。

工作人员为她送上一束鲜花,夹藏在花丛中的精美卡片上留有三行工整的手写信:
我故乡山海间的樱花开了,
若能邀您一同前往,
将是我毕生的荣幸。
送花的人并没有留下姓名。
蒋灵却会心一笑,目光从花束挪至观众席的第一排。坐在正中间的青年西装革履,目光炯炯,鼓掌的力道与周遭轻松愉快的男女老少形成鲜明对比,蒋灵被他不合时宜的庄重逗得掩嘴露齿一笑,才子佳人的四目终于对上。
视线碰撞之前,蒋灵其实还有些无语和无奈。
她曾不只一次提醒过,这个剧院袭承欧洲歌剧院的构造,不管是观看舞剧还是芭蕾,最好的位置都在二楼,比起一楼,二楼视野受限的侧方都比夏楼山今天的位置好。

俗话说的都有一定道理，距离产生美。观众和舞台保持一定的距离，才能欣赏到剧目本身的精彩和独特。蒋灵评价夏楼山没有艺术细胞，每次都固执地坐那么近，一场芭蕾看完，眼珠子都转累了。夏楼山说眼珠子全程跟着蒋灵转，看蒋灵扮演的 Kitri 笑，Kitri 羞，Kitri 嗔，Kitri 娇……怎么会累。

这是夏楼山对蒋灵说过的乏善可陈的情话里数一数二的一句。

夏楼山的父母是山海市最早下海经商的那批企业家，培养出的儿子对数字的敏感度远超风花雪月，也不怪别人来看芭蕾都是数女首席转了多少圈，鞭了多少次腿，就他陪朋友看了一场《堂吉诃德》，对舞剧里的女演员一见钟情，从此挪不开眼。

约见一个芭蕾舞演员于夏楼山而言并非难事，他的邀请又是通过剧院行政人员传达的，蒋灵不好拒绝。

彼时蒋灵刚满二十岁，正是情窦初开的年纪，也是一个舞者的黄金时代。她去赴约前都想好了要怎么拒绝。她心无旁骛，立志要当芭蕾舞剧院最年轻的首席，她没闲工夫陪游手好闲的富家公子玩感情上的游戏。

蒋灵住在分配的员工宿舍，双人间。她的寝室那晚聚了五六个一起入团的同班同学，都跟着激动，就等着她快点回来，说说她是怎么让富家子蹭一鼻子灰的。

但她们却在窗口看见在不远处的路灯下，夏楼山送蒋灵回来的身影。

两人并排同行，但肩与肩之间相隔很远，一个低着头，另一个频频侧目，想靠近，又时刻保持足够安全的社交距离。

姐妹们的激动也算没落空。蒋灵独自进屋后，全都你一言我一句，叽叽喳喳问个不停。蒋灵一时回答不上来，但明眼人都看得出来，她嘴角勾着笑，眉眼间也存着笑意。

"他是南方来的，不一样。"蒋灵还是笑了，假装不喜欢道，"不过啊，别看他聊货币汇率跟背圆周率似的，要是问《三个火枪手》是谁写的，照样一问三不知。没意思。"

《三个火枪手》是少数为男演员编排的芭蕾舞剧，夏楼山天天天南海北地飞都来不及，哪有闲情逸致去看，蒋灵认为的基础题于他而言简直是刁难，连那些跟他没见过面的女舞者们都同情起了夏楼山，帮他说话道：

"你这不是故意难为他吗，人家是做生意的，又不是芭蕾舞男演员。再说了，咱们剧团的《三个火枪手》跳一年，能有这位夏先生一天挣的多吗？"

房间里顿时充满了欢声笑语，只有蒋灵眉心杂糅着愉悦和惑愁，觉得她们的说法不太对劲，又说不出不对劲在哪里。

总之，夏楼山的联系方式存进了蒋灵的通讯录。每个月总有那么几天，夏楼山会来首都出差，看一场芭蕾舞剧，请蒋灵吃一餐晚饭。

他知道芭蕾舞演员的吃食很有讲究，所以比起就餐过程漫长的米其林，他更愿意去那些蒋灵从小吃到大的普通餐厅，饭后两人会在剧院附近散散步，聊聊天。天色渐晚，不用等蒋灵催促，夏楼山就会将人送回。

蒋灵对夏楼山的印象通过一次次点到为止的相处逐渐丰富。暧昧不断升温，但夏楼山捅破窗户纸的方式却让两人的关系又降回了冰点。

某天晚上月色正好，夏楼山开车送蒋灵回宿舍，全程欲言又止，老半天才憋出一句，家里人给他安排了相亲，对方也是南方人，是家族企业的长女。

蒋灵问："你还没跟家里人提过我，对吧？"

夏楼山答非所问道，在夏家其他和他同辈的兄弟姐妹里，就只剩他没结婚了。

"那你去找能跟你结婚的人吧。"蒋灵果断下车，关车门前还是犹豫了一两秒，又说，"第一次见面我就跟你说过，我要跳到首席，我也能跳到首席。"

说完，她还是把车门关上了，匆匆离开没回头，才不要让夏楼山看到那两滴眼泪。她的母亲早就提醒过她，南方的家族企业盘根错节，跟夏楼山这样的人谈婚论嫁，就是跟整个夏家谈婚论嫁。她没想到这一天会来得这么早，面对爱情，她又有自己的倔强。

夏楼山下个月并没有出现在观众席第一排，第二个月、第三个月……那个位置都空空如也。这半年里蒋灵从群舞晋升到主要演员，能单独在舞台上跳个人变奏，她在聚光灯圈外意外地又看见了夏楼山出现在第一排。

她那晚笑得格外灿烂，观众为她精湛的技巧和饱满的情绪连连鼓掌，只有她自己知道，是那个男人的到来让剧院蓬荜生辉。

演出结束后两人重新见了面，时隔半年，都有些近乡情怯。

夏楼山拒绝了所有相亲，一同放弃的还有前辈的照拂，自己出来创业。蒋灵问他大费周章是为了什么，他只是看着她，一如第一眼见到她。

美好的二人时光从此拉开序幕，青年企业家和舞蹈家坠入爱河，又各自在自己的领域发光发热。

两年以后，蒋灵即将成为国家芭蕾舞剧院有史以来最年轻的首席，她的爱人却没能一路顺遂。商场如战场，企业的壮大离不开代代积累和传承，独自前行的夏楼山如履薄冰，哪怕不在蒋灵面前展露愁颜，蒋灵多少也能窥探出一二。

而如果不是为了离自己更近些，夏楼山一定会大展宏图，闪耀璀璨如她第一眼见到他。

她热爱舞台，夏楼山属于南方——似乎一定要有一个人做出牺牲。

蒋灵选择用《堂吉诃德》作为自己晋升首席后的初演和终演，她愿意和夏楼山一起回山海市看樱花，她决定嫁给爱情。

她那时候是那么年轻，被热恋期的甜蜜冲昏了头脑，也不想想，湿热的沿海地区怎么会有樱花。她能看到的，只有夏楼山在他们婚房别墅的小院里精心栽种的那几株，她给第一个孩子取名夏樱，那是她和夏楼山爱情的结晶。

孩子的到来让夏楼山从男人成长为父亲，家族企业的话语权也出现转移，老去的父亲放权给年轻的父亲。但这还不够，不够圆满，彼时蒋灵对产后复工还抱有一丝期待，尽管有过心理建设，但当夏楼山亲口告诉她，想和她再生一个男孩，抱着夏樱的蒋灵还是崩溃的，她问夏楼山女儿不好吗，女儿和儿子有什么不一样吗？

夏楼山给不出答案。

爱情拨开云雾后，免不了面对日常生活的鸡零狗碎。为了芭蕾，蒋灵二十年如一日保持极低的体脂率，在舞台上轻盈飞舞；为了夏楼山，蒋灵不得不再一次备孕，将曾经艰难减下的体脂一点点吃回来，而当他们还只是初识的朋友时，她就算是带夏楼山去吃素食沙拉，夏楼山也没半句怨言。

蒋灵直到三年后才生下夏清泽。

产后下床，脚尖点地的那一刻起，她就感知到那个能在舞台上挥鞭转圈的蒋灵死了，从此她只是夏楼山的妻子，夏樱和夏清泽的母亲。

她过着外人眼里圆满的生活，夫妻恩爱，儿女双全，她在寂静的深夜失声痛哭，拒绝给夏清泽哺乳，她衰弱的神经和敏感脆弱让事务缠身的夏楼山苦恼不已，不只一次地烦闷道："你以前不是这样的。"

爱确实是会消失的。蒋灵没跟夏楼山说，你以前也不是这样的。

唯一可以将蒋灵拯救的只有女儿夏樱，她还没学会走路就展露出音乐和节奏的天赋。夏清泽满周岁后办了一场盛大隆重的抓阄宴，准备期间，大他三岁的夏樱蹦跳个不停，在一堆琳琅满目的物品器具中精准地抓住一条童装芭蕾舞裙，拿过来献给蒋灵。蒋灵激动到咧开嘴笑。那也是成为父亲后，夏楼山第一次见蒋灵这么开心地笑。

  于是夏楼山纵容蒋灵对儿子几乎不闻不问。夏清泽的童年由奶奶、司机、多个保姆和外教组成，他的父亲正忙于扩大事业版图，他的母亲在陪夏樱上一对一的芭蕾课。私教给夏樱拉一字马时夏樱要是喊疼，蒋灵会毫不犹豫地亲自上手，那双手却没给夏清泽换过一片尿布，这种事夏楼山也从未为两个孩子做过。

  夏清泽在一种爹不疼娘不爱的氛围里成长。从他记事起，父亲总是常年在外，母亲的心思则都在姐姐身上。姐弟俩只差了三岁，在一个小学就读，每个学期开家长会，夏清泽总是手握满分的试卷，藏身于高年级走廊的拐角，他的目光尽头，淡妆浓抹总相宜的蒋灵被夏樱同班同学的家长围簇着，不知道的还以为蒋灵是班主任。

  这些家长都是来取经的，想知道蒋灵怎么把女儿培养得如此优秀，夏樱本人早不知道跑去了哪里。当她跑回了教室前的拐角见弟弟正在偷窥，不由吓唬着猛拍他的肩膀。

  夏清泽果真被吓了一跳，手一抖试卷差点落地，被夏樱在空中拾起。

  "哇，一百分欸！"夏樱背靠着墙壁，翻看夏清泽的期中试卷，惊叹道，"你怎么连语文都能考满分！"

  夏樱并没有在阴阳怪气，是真的吃惊。

  从一年级起，夏樱放学后就没什么自由时间，全在舞蹈教室，到了三四年级她开始刷比赛资历，被蒋灵带去全国各地参加芭蕾舞比赛，为此经常请假。随着奖杯的增多，夏樱缺课的次数也在增多，不过这并不影响她成为班级里的大明星，每学期都有机会去国旗下讲话。

但夏樱从未考过这么高的分数。每次放学，蒋灵会亲自来接她，夏清泽则上自家司机的车，别说一起吃晚饭，姐弟俩连星期六、星期天都未必见得上面。如今夏清泽上二年级，比他高一个头的夏樱就读五年级，两人在学校里也碰不上什么面，以至于夏樱和弟弟就读同一个学校两年后才知道，夏清泽的成绩如此优异。

换句话说，比起对自己芭蕾舞步的精益求精，夏樱很少从蒋灵口中得知弟弟夏清泽的学习与生活。

夏樱对这个二年级的弟弟刮目相看，弟弟却重新看向远处走廊上的母亲。

夏樱不解，问夏清泽："有什么好看的？"

夏清泽这才回头，跟这个不是很熟的亲姐姐说："妈妈每次只去见你的班主任。"

夏樱白了这个生下来就漂亮得像个洋娃娃的弟弟一眼："这福气给你要不要啊。"

夏清泽默不作声，站在拐角后，继续往那个方向看去。

夏樱本打算好好"揭露"蒋灵的真面目，让夏清泽对母亲别有那么多幻想，夏清泽失落的眼神让她感同身受——当她在舞蹈教室里将同一个动作练习了一遍又一遍，却只能换来蒋灵一遍又一遍的"还不够"，她看向布满整个墙面的镜子，照映出的自己也是这般失意怅然的神色。

于是夏樱又拍了一下弟弟的肩膀，说："那我给你当家长。"

夏清泽扭头，眨眨眼，不明所以。只见夏樱哥们儿似的搂过弟弟的肩膀，然后拉起他的手，飞奔去二年级的楼层，面对夏清泽的任课老师们侃侃而谈像个小大人，让老师们有什么事都跟自己说，她回头会一五一十告诉两人的父母。

任课老师们被夏樱故作老成的模样逗得忍俊不禁，这才知道，冉冉升起的芭蕾新星和天赋异禀的竞赛神童是亲姐弟。

那是个秋天，夏清泽就读二年级的第一个学期。在第三个没有父母出席的家长会上，夏樱以姐姐的身份笑纳了老师们对夏清泽的夸赞。她听着，比自己拿了奖还高兴，无不自豪地说了好几遍："那必须的，他可是我弟。"

夏清泽在那个下午依旧坐上了司机的车，夏樱也一如既往地被蒋灵带去舞蹈教室练功。但就是从那天起，之前并没有太多羁绊的夏樱和夏清泽真正可以称为姐弟了。小学毕业之前，夏樱每个学期都会主动以姐姐的身份出席弟弟的家长会，而当夏清泽也念完六年级，夏樱已经被首都舞蹈学院附中录取，即将于那年离开山海市。

在夏清泽的记忆里，那个夏天很热，很长，甚至有点难熬。也不知道母女俩到底在为什么而争执，夏樱和蒋灵话不投机半句多，夏楼山推掉繁忙的公务特地回家吃顿饭，餐桌上却只有一家三口，夏樱不肯下楼，说是气饱了，没胃口。

夏清泽甚至记得心不在焉的母亲总共夹了几筷子菜。他喜欢母亲开心，姐姐也开心，他鼓起勇气问蒋灵："妈妈，你们为什么吵架？"

"你姐姐的脾气就这样。"蒋灵并不是很想深入这个话题。夏楼山却评价了句,觉得自己的女儿就是太傲,再不好好管教,日后总要吃亏的。

"若换作是你,什么芭蕾舞比赛都拿第一,你也傲。"蒋灵赤裸裸地偏心,竟训起了自己丈夫,又叹了口气道,"她就是青春期有些叛逆,等再长大些,就好了。"

"……青春期?"十二岁的夏清泽又有些困惑。

"就是天天要和我吵架的时期呀。"蒋灵对儿子解释道,"等你到了十五岁,也会和你姐姐一样。"

像是又好气又无奈,蒋灵说完后,还是笑了。见母亲笑了,夏清泽就没接话,他想说的其实是:等他到了十五岁,肯定不会和姐姐一样。

夏樱这个夏天确实没少让父母操心。

她不愿意去专门的舞蹈教室见专业的老师,而是自作主张去山海市的青少年宫做没有工资的兼职,给那些上初级芭蕾舞和形体课的学生指导最简单的动作。

她的青春是那么宝贵,有准备不完的大赛,学不完的变奏,她却一意孤行,要把整个暑假的时间浪费在青少年宫。

蒋灵真的生气了。老婆都生气了,夏楼山更生气,明令不准任何人接送夏樱,也停了零花钱,势必要夏樱吃点苦头。

办法总比困难多,夏樱平日里从不乱花钱,有钱打车,也坐过好几次公交。有一天下午,晴空万里变乌云密布,倾盆大雨从天而降,猝不及防,夏清泽惦记着还在青少年宫的夏樱,跟司机一起偷偷去接夏樱，车开到青少年宫，刚好在门口碰上没有带伞眼巴巴等雨停的夏樱。

夏樱赶紧上车，和夏清泽一起坐在后座。她拍了拍衣服上不多的雨水后，像小时候那样哥们儿似的搂过夏清泽的胳膊，满意道："不愧是我的好弟弟。"

夏清泽乖巧轻笑。夏樱却看出他另有心事，晚上特意来敲夏清泽卧室的门，倚在门边上看里面认真趴在书桌前的夏清泽，开门见山道："臭弟弟，就没有什么话想跟我说吗？"

夏清泽抬头看向耍酷的姐姐，眨了眨眼，有点蒙。

夏樱皱眉，故意做不耐烦状。夏清泽便也不跟她支吾，直白道："我就是希望你和妈妈都过得好。"

"那咱妈和我都掉水里了你先救谁？"夏樱脱口而出，伶牙俐齿到让人难以招架，也不知道跟谁学的。

"给不出答案吧。"夏樱突然严肃道，就像这道题没有答案，这世界上不可能存在她和蒋灵都过得好的情况。她此时已经隐隐察觉到，蒋灵在她身上延续自己的舞台梦想，她的脚尖承载了两个人的重量，但她还没学会如何表达，对表达的尝试也不尽如人意。

但夏樱还是渴望能有人理解的。她走进弟弟的卧室，见弟弟正在做奥数题，她知道夏清泽凭借兴趣在奥数比赛上也拿过几个奖，她让弟弟假设，如果夏楼山天天逼着他刷题，连着几个小时都做同一道题，他对数字能否还有那么大的兴趣？

夏清泽又给不出答案。但如果把夏楼山换成蒋灵，他肯定会毫不犹豫地点头。

"算了，你不懂。"夏樱抿唇，用只有自己才能听得见的声音唏嘘，"你不是女孩。"

夏樱和夏清泽第一次的深度交流以失败告终，但夏樱并没有气馁。那场暴雨后的第二天，夏樱乖巧懂事到反常，晚饭前第一个坐在了餐桌边上，一家四口久违地齐聚一堂，慢慢吃饭、交流，其乐融融。

夏樱是很伶牙俐齿的，只要她愿意，完全可以当夏家的心肝宝贝开心果。不日前的"5.20"，夏楼山送了蒋灵一款高定饰品，明明有更符合蒋灵气质的哑光款，夏楼山偏偏选了更保值的抛光款。夏樱不免吐槽了两句，说夏楼山根本没用心挑礼物，搞得蒋灵也有些失落尴尬。

今晚蒋灵很巧地就戴了那款首饰，晶莹剔透的珠宝在餐厅灯光下闪闪发亮，耀眼到夏樱啧啧称赞："还好爸爸坚持选这一款，真有远见和眼光！"

"明天还要去青少年宫兼职对吧，坐家里的车去吧。"夏楼山舒服了，看向女儿的目光里都添了宠溺。一切都是那么美好，但夏清泽觉得这美好太不真实，果然，他的姐姐终于把聊天的内容引回真正的主题。

"昨天不是下暴雨吗，绝大多数孩子都有父母来接送，但我一个又练芭蕾又学画画的学生说，她的绘画班上有个和清泽年纪差不多的男孩，天天自己转三趟公交车来画画，昨天淋了好久的雨，今天照样坚持来画画……"

说起青少年宫，夏樱本可以讲很多趣闻，她却只讲那个男孩，神情也越来越正经。她说自己还特意去绘画教室窗外看了看那个男孩，男孩一手擦鼻涕一手拿笔，舍不得停下。那才是最真挚和纯粹的热爱，而不是像她，就算拿再多奖，也跟游戏里不断重复的打怪升级没什么差别。

夏清泽暗暗叹了口气，不用看，也知道父母现在的脸色有多差劲。他想缓解僵持的局面，却无能为力，只能和父亲一样保持沉默，听蒋灵苦口婆心劝夏樱珍惜现在的好日子："二十年前我要是能有你这么好的练功房，我……"

"那你为什么不自己去那个练功房，而是一定要我练？"夏樱顶嘴。

她与这个家庭的沟通，也以失败告终。然后所有人心照不宣，又一次假装无事发生。

但夏清泽记得。记得姐姐的愤怒和无力，也记得姐姐口中那个对绘画有纯粹热爱的男孩。

这是一种夏清泽只在书里见过的属于英雄的品质，想要拥有这种品质需要像夏清泽那样聪慧，但还需要勇敢，夏清泽并不拥有的、那种坚定不移地支持姐姐夏樱的勇敢。

夏清泽决定也去看看那个男孩。他并没有告诉姐姐，自己一个人偷偷来到青少年宫绘画教室的门口。

夏清泽爱打篮球，抽条很快，跟很多家长差不多高，可以轻而易举地透过门上的透明圆窗看到教室内的场景。

只见十几个年龄各异的孩子坐在自己的画架前随心涂画，想画什么就画什么，想用什么工具就用什么工具，老师并不会限制，但那些孩子还是眼巴巴地看向老师，需要他来指导。

也有些孩子把老师拉到自己的画前，仅仅是为了问一句，自己这样画对吗，自己画得怎么样……

夏清泽在那扇圆窗前看了足足五分钟，做好了失望而归的准备。他猜测夏樱夸大了，夏樱是眼里有光的人，所以看谁眼里都有光，他这么思忖着，快步下楼梯时有些走神，不小心撞上了一个刚好上楼的男孩。

两人相碰的是肩膀，谁都没有跌倒，也不疼，倒是那个男孩的什么东西掉在了夏清泽脚边。此时夏清泽已经站在了偏下的台阶上，他赶忙捡起那根素描铅笔，起身，微微仰头，把铅笔给男孩递过去。

两人都有一瞬间的错愕，神魂仿佛突然游离出躯体，但也就一瞬间。幻境在男孩接过笔后就被打破。

现实里，男孩的年龄与夏清泽相仿，但更瘦，脸小小的，双颊又泛着不太健康的微红，像得了重感冒还未痊愈。

夏清泽注视着那双眼，莫名笃定，他就是夏樱说的有纯粹热爱的男孩。那男孩的眼神其实更多的是发怯，跟夏清泽说了好几声"对不起"，接过笔后，又不好意思地嗡声道谢。

谢完，也没等夏清泽说些什么，他就一溜烟儿地跑走，方向是夏清泽刚离开的绘画教室。

多年以后，故地重游已经老旧的山海市青少年宫，夏清泽和江浔感慨命运巧合的无常和戏剧性，却都记不得那个下午的擦肩而过。

那天，夏日金色的阳光穿过走廊的窗落在那个男孩身上，让他浑身散发出柔光。

夏清泽看恍了眼，殊不知当时的自己在江浔眼里，也飘然如不沾烟火的下凡神仙。

"是多少年呢……"

"从高一的开学典礼开始,整整八年零六个月。"

"我说我想见你。"

"江浔,我想见你。"

Xia Qingze × Jiang Xun

图书在版编目（CIP）数据

居山海 / 小合鸽鸟子著. — 武汉：长江出版社，2021.7
ISBN 978-7-5492-7805-3

Ⅰ.①居… Ⅱ.①郑… Ⅲ.①长篇小说－中国－当代 Ⅳ.
①I247.5

中国版本图书馆 CIP 数据核字 (2021) 第 148456 号

本书经小合鸽鸟子授权同意，由北京长佩网络科技有限公司委托天津漫娱图书有限公司正式授权长江出版社，在中国大陆地区独家出版中文简体版本。未经书面同意，不得以任何形式转载和使用。

居山海 / 小合鸽鸟子 著

出　　版	长江出版社			
	（武汉市解放大道1863号　邮政编码：430010）			
选题策划	漫娱图书　刘憬轩			
市场发行	长江出版社发行部			
网　　址	http://www.cjpress.com.cn			
责任编辑	罗紫晨			
特约编辑	郭昕　杨宇峰　买嘉欣　王琼			
总 策 划	熊嵩			
执行策划	罗晓琴	开　本	880mm×1230mm　1／32	
装帧设计	赵一麟　殷悦　刘江南	印　张	8.25	
印　　刷	深圳市精彩印联合印务有限公司	字　数	213千字	
版　　次	2021年7月第1版	书　号	ISBN 978-7-5492-7805-3	
印　　次	2022年6月第12次印刷	定　价	46.80元	

版权所有，翻版必究。如有质量问题，请联系本社退换。
电话：027-82926557（总编室）　027-82926806（市场营销部）